Michael Peinkofer
Gryphony
Im Bann des Greifen

Michael Peinkofer, geboren 1969, studierte Germanistik, Geschichte und Kommunikationswissenschaften. Seit 1995 arbeitet er als Autor, Filmjournalist und Übersetzer. Der Roman „Die Bruderschaft der Runen" brachte ihn zum ersten Mal auf die Bestsellerlisten. Heute gilt er als einer der erfolgreichsten Fantasy-Autoren Deutschlands. Mit „Gryphony. Im Bann des Greifen" hat er sich einen Traum erfüllt: die sagenumwobenen Greife endlich aus dem Schatten der Drachen zu befreien und ihnen die Hauptrolle in einem eigenen Abenteuer zu geben. Michael Peinkofer lebt mit seiner Frau und seiner Tochter im Allgäu.

Helge Vogt wollte als Kind Paläontologe werden. Irgendwann wurde ihm aber klar, dass er Dinosaurier und Monster lieber zeichnet, als sie auszugraben. Er arbeitet als Illustrator und Comic-Künstler für zahlreiche Verlage, unter anderem Disney. Helge Vogt lebt in Berlin.

Michael Peinkofer

Gryphony

Im Bann des Greifen

Band 1

Ravensburger Buchverlag

ARRAN

Als Ravensburger Taschenbuch
Band 52570
erschienen 2017

1 2 3 4 D C B A

Ungekürzte Ausgabe
© 2014, 2017 by Michael Peinkofer und
Ravensburger Buchverlag Otto Maier GmbH
Postfach 1860, 88188 Ravensburg

Die Veröffentlichung dieses Werkes erfolgt auf Vermittlung
der literarischen Agentur Peter Molden, Köln.

Umschlag- und Innenillustrationen: Helge Vogt
Lektorat: Iris Praël

Alle Rechte dieser Ausgabe vorbehalten durch
Ravensburger Buchverlag Otto Maier GmbH

Printed in Germany

ISBN 978-3-473-52570-6

www.ravensburger.de

Prolog

*Vor vielen Hundert Jahren,
während des dunklen Zeitalters ...*

Im spärlichen Mondlicht, das durch die Wolken fiel, war der Ring der Steine für das menschliche Auge kaum zu erkennen. Die Blicke des Greifen jedoch durchdrangen die Dunkelheit mühelos. Kaum hatte er das Ziel ausgemacht, legte er die Schwingen an und ging in den Sturzflug über. Erst kurz vor dem Boden breitete er die Flügel wieder aus und bremste seinen Fall.
Der Nachtwind zerrte an ihm und an seinem Reiter, als der Greif leichtfüßig innerhalb des Kreises landete. Der Ritter tätschelte den Hals des Tieres, dann stieg er aus dem Sattel. Seine Rüstung klirrte leise, sein Umhang flatterte.

„Malagant!", rief der Ritter laut, doch der Wind trug seine Worte davon, ohne dass sie erwidert wurden.

Der Greif schnaubte und warf unruhig den Kopf zurück, während er mit den Krallen scharrte. „Schon gut", sprach der Ritter beruhigend auf das große Tier ein, das den Körper eines Löwen und den Kopf und die Schwingen eines Raubvogels besaß. „Ist schon gut, altes Mädchen."

Plötzlich gab es außerhalb des Steinkreises ein Geräusch. Der Ritter und sein Greif blickten auf.

„Wer ist da?", fragte der Ritter in die Dunkelheit. Wieder keine Antwort. Doch als würden die Schatten der Nacht lebendig, tauchte im nächsten Moment eine Gestalt zwischen den Steinblöcken auf. Der Ritter wunderte sich gar nicht erst darüber. Die Diener des Chaos beherrschten manche dunkle Kunst.

Der fremde Besucher trug eine Kutte aus schwarzem Stoff. Die Kapuze hing weit herab, sodass sie sein Gesicht verbarg, doch der Ritter wusste auch so, mit wem er es zu tun hatte.

„Malagant", knurrte er. „Du hast also doch den Mut hierherzukommen?"

Der Fremde schlug die Kapuze zurück. Sein eingefallenes Gesicht hatte etwas Totenähnliches. Aus den tief liegenden Augen leuchtete eine unheilvolle Glut.

„Du vergisst, dass dieses Treffen mein Einfall war", widersprach er und entblößte dabei seine Zähne.

„Was willst du?"

„Mit dir reden", sagte Malagant. „Hast du schon mal darüber nachgedacht, wie lange dieser unselige Kampf zwischen uns noch weitergehen soll?"

„Oft", gab der Ritter zu.

„Einst waren wir viele – nun gibt es nur noch uns beide. Wir sind die Einzigen, die noch übrig sind, die letzten Ritter der Lüfte."

„Ich bin der letzte Ritter", widersprach der Greifenreiter. „Du bist auf den falschen Weg geraten. Sieh nur, was aus dir geworden ist!"

Malagant warf seinen Umhang zurück, sodass die schwarze Rüstung darunter zum Vorschein kam. „Es ist wahr: Wir stehen auf verschiedenen Seiten", gab er zu. „Trotzdem muss der Kampf nicht für immer so weitergehen. Er kann enden, noch in dieser Nacht."

„Was schlägst du vor?", fragte der Ritter vorsichtig. „Einen Waffenstillstand?"

„Frieden", sagte Malagant nur.

„Wie soll das gehen?" Der Greifenritter schüttelte den Kopf. „Licht und Finsternis schließen sich gegenseitig aus, wie du sehr wohl weißt."

„Vielleicht", räumte Malagant ein. „Aber müssen wir uns deshalb bekämpfen? Warum lassen wir die Menschen nicht selbst entscheiden, welchen Weg sie gehen wollen? Seit so vielen Jahren kämpfen wir gegeneinander, und sieh, wohin es uns gebracht hat! Viele von uns haben den Kampf mit dem Leben bezahlt, tapfere Streiter wie du und ich. Sehnst du dich nicht auch danach, dich auszuruhen? Dein Schwert endlich niederzulegen?"

„Sogar sehr", musste der Ritter zugeben.

„Genau wie ich. Deshalb biete ich dir einen Friedensschluss an."

„Warum sollte ich dir glauben, Malagant? Hat nicht deine Seite den Krieg begonnen?"

„Aber jetzt ist es Zeit, ihn zu beenden", beharrte der Mann in der schwarzen Rüstung. „Ansonsten wird er immer weitergehen und irgendwann die Menschheit vernichten!"

„Das ist wahr", musste der Ritter zugeben.

„Lassen wir also davon ab! Sollen die Menschen künftig selbst über ihr Schicksal entscheiden, wir haben genug für sie getan. Alles, was du dafür tun musst, ist dein Schwert zurückzulassen, so wie ich das meine." Mit diesen Worten zückte Malagant sein Schwert, dessen geschwärzte Klinge in der Dunkelheit kaum zu sehen war, und rammte es in den Boden. Dann trat er in die Mitte des Steinkreises, die Hände erhoben. „Was ist nun?", fragte er. „Willst du meinem Beispiel folgen?"

Der Ritter zögerte.

Er blickte sich nach dem Greifen um. Das Tier war noch unruhiger geworden, schüttelte heftig den Kopf. Es traute Malagant nicht. Nicht nach allem, was der schwarze Krieger den Greifen angetan hatte. Doch hatte der Ritter eine Wahl? Musste er nicht alles tun, um zukünftiges Blutvergießen zu verhindern? Wer war er, dass er ein Friedensangebot ausschlagen konnte?

Obwohl der Greif lautstark protestierte und ein schrilles Kreischen in die Nacht schickte, zückte der Ritter sein Schwert und stieß es ebenfalls in den Boden. Dann machte auch er sich zur Mitte des Steinkreises auf.

„Geben wir uns das Wort, dass kein Blut mehr fließen soll", sagte er.

„Ein Wort unter Brüdern", bestätigte Malagant.
Dann standen sie einander gegenüber.
Der Greifenritter und der Drachenkrieger.

„Geben wir uns die Hand und besiegeln den Frieden", schlug der Ritter vor und wollte Malagant die Rechte reichen – als er ein hässliches Geräusch vernahm.

Es war ein Fauchen, heiser und gefährlich, und jenseits des Steinkreises wuchs etwas empor, was ungeheuer groß und bedrohlich war: ein schwarzer Schatten mit langem Hals und Augen, die glutrot in der Dunkelheit leuchteten. Dampf waberte auf und der Gestank von Rauch und Schwefel lag plötzlich in der Luft. Da sah der Ritter das Grinsen in Malagants knochigem Gesicht.

„Wie leichtgläubig du doch bist", sagte Malagant, während das Geschöpf hinter ihm zu riesenhafter Größe emporwuchs. Als es seine Schwingen ausbreitete, war es, als hätte etwas den Mond verschluckt. So dunkel wurde es plötzlich.

„Du ... hast mich getäuscht", stieß der Ritter hervor.

„Nein", widersprach Malagant. „Der Krieg wird enden, noch in dieser Nacht, und danach wird es Frieden geben. Aber anders, als du es dir vorgestellt hast."

Der Drache stampfte in den Kreis. Wo sein schuppenbesetzter Körper gegen die aufgerichteten Steine stieß, stürzten sie um oder gingen zu Bruch. Der Greif kreischte ohrenbetäubend. Der Ritter wollte zurückweichen, um sein Schwert zu holen – aber es ging nicht! Er konnte nicht einen Schritt tun.

„Da staunst du, was?" Malagant warf den Kopf in den Nacken und lachte. „Ich habe Vorkehrungen getroffen!"

„W...was hast du getan?"

Erst jetzt bemerkte der Ritter die Zeichen, die in den Boden geritzt waren – Zauber-Runen, die einen Bannkreis um ihn legten. Sie sorgten dafür, dass er sich nicht wehren konnte.

„Auf diesen Augenblick habe ich lange gewartet", sagte Malagant und wandte sich dem riesigen Drachen zu, der hinter ihm stand. „Devorax, erkläre unserem Freund, warum sein Kampf zu Ende ist. Sag ihm, warum wir den Krieg gewonnen haben."

Mit einem grässlichen Pfeifen sog der Drache die kalte Nachtluft in seine Lunge, dann konnte man das Fauchen der Flamme hören, die in seiner Brust loderte. Im nächsten Augenblick spie er Feuer und verwandelte den Steinkreis in ein Flammenmeer.

Alles Gute!

Sie hieß Melody.

Melody Campbell. Nicht gerade ein gewöhnlicher Name. Aber ihre Eltern hatten Musik und Melodien geliebt, also konnten sie wohl nicht anders. Leider war dieser Name so ziemlich das Einzige, was Melody von ihren Eltern geblieben war. Sie waren beide gestorben, als sie noch ganz klein gewesen war – bei einem tragischen Fährunglück. Seither lebte sie bei ihrer Oma Fay, die sie einfach nur „Granny" nannte, im alten Stone Inn unten an der Hauptstraße. Das Stone Inn war eine Pension, in der Touristen vom Festland abstiegen, wenn sie zum Wandern oder Bergsteigen auf die Insel kamen. Außergewöhnliche Dinge passierten hier eigentlich nie.

Wenn morgens der Wecker piepste und Melody aus den Federn riss, wusste sie schon ziemlich genau, was der Tag bringen würde: aufstehen, Schule, Hausaufgaben – und dazwischen eine Menge Ärger. Dabei hatte sie eigentlich gar nichts dagegen, auf einer Insel zu leben. Sie liebte es, unten am Meer zu sein, wenn der Wind um die Klippen brauste und die Wellen an den Strand rauschten. Sie wünschte sich eigentlich nur etwas Abwechslung.

Auch an diesem Morgen hatte Melody nicht das Gefühl, dass etwas Besonderes passieren würde. Sie stand auf, ging ins Bad und betrachtete sich im Spiegel.

Glattes rotes Haar.

Grüne Augen.

Blasse Haut.

Sommersprossen um die Nase.

Während andere Mädchen in ihrer Klasse – allen voran natürlich Ashley McLusky – eine Model-Figur hatten, sah Melodys Körper eher so aus, als hätte sie ihn sich von einem Jungen geborgt. Also versuchte sie gar nicht erst, sich zu stylen. In der Schule trug sie schwarze Hosen und Pullover wie alle anderen. Zu Hause hatte sie aber am liebsten Flanellhemden an mit Karomuster und in allen möglichen Farben, dazu Jeans und Stiefel. Ihre Granny sagte immer, dass sie damit ein bisschen aussah wie ihr Vater, als er in ihrem Alter war. Und das fand sie eigentlich ziemlich cool. Auch wenn sie dadurch nicht grade in der Beliebtheitsskala nach oben kletterte.

Was Freunde betraf, so hatte sie eigentlich nur einen einzigen. Er wohnte ein paar Häuser weiter und hieß Roddy McDonald. Seine Eltern hatten eine kleine Zoohandlung in Brodick, wo auch Melody lebte. Brodick war ein kleiner Hafenort, wo jeder jeden kannte. Das war manchmal gut, manchmal schlecht, je nachdem. In Notlagen halfen Nachbarn einander – so wie im vergangenen Jahr, als auf der gesamten Insel der Strom ausfiel.

Gerüchte allerdings verbreiteten sich auf der Insel wie ein Lauffeuer. Ganz besonders, wenn es sich um schlechte Neuigkeiten handelte. Und davon hatte es bei Melody und Granny Fay in letzter Zeit ziemlich viele gegeben.

Das Stone Inn, seit vier Generationen im Besitz von Melodys Familie, war nämlich so gut wie pleite. Granny Fay hatte einen Riesenhaufen Schulden. Nicht bei der Bank, sondern bei einem Mann namens Buford McLusky, einem reichen Baulöwen, dem ohnehin schon die halbe Insel gehörte.

Nun wollte er auch noch das Stone Inn, um es abzureißen und an seine Stelle ein nagelneues Hotel zu setzen. Melody machte das nur wütend, ihrer armen Granny aber brach es fast das Herz.

Trotzdem empfing sie Melody fröhlich, als sie an diesem Morgen in die Küche kam, in der es nach Butter, Zimt und Rosinen roch.

„Guten Morgen, Liebes!", rief Granny Fay und lächelte so, wie nur sie es konnte. Als Melody klein gewesen war und noch an Elfen geglaubt hatte, war ihre Großmutter ihr immer wie eine weise alte Zauberin vorgekommen mit ihren rosigen Wangen und dem weißen Dutt. „Hast du gut geschlafen?"

„Danke, kann nicht klagen", erwiderte Melody.

„Alles Gute zum Geburtstag", sagte Granny und drückte sie ganz fest, und wie immer roch sie dabei nach Pfefferminz und Lavendel. „Mögen all deine Wünsche in Erfüllung gehen."

„Danke, Granny."

„Ich hab dir deine Lieblingspfannkuchen gemacht." Granny deutete auf den Tisch, wo sich schon ein duftender Stapel davon türmte. „Ein anderes Geschenk habe ich dieses Jahr leider nicht für dich. Du weißt ja, das liebe Geld …" Das Lächeln verschwand aus ihrem Gesicht, ihre Augen wurden feucht.

„Keine Sorge, Granny", sagte Melody. „Es wird schon alles gut werden. Die Bank gibt uns bestimmt das Geld, dann kann uns McLusky nicht rauswerfen."

„Wenn du es sagst." Sie seufzte. „Du bist ein liebes Mädchen, Melody. Und wie groß du geworden bist! Deine Eltern wären so stolz, wenn sie dich jetzt sehen könnten."

„Ja? Meinst du?" Ein wenig ratlos blickte Melody an sich herab.

„Bestimmt." Das Lächeln kehrte wieder in Grannys Gesicht zurück. „Jetzt setz dich", sagte sie zu Melody und trug so viele Leckereien auf, dass der alte Küchentisch fast zusammenbrach: Pfannkuchen mit Marmelade, dazu heiße Schokolade – einfach himmlisch.

Deshalb nahm Melody später gleichmütig zur Kenntnis, dass ihr Fahrrad einen Platten hatte, den sie erst mal flicken musste, bevor sie zur Schule fahren konnte. Auch ihr Geburtstag war eben ein Tag wie jeder andere.

Noch wusste sie nicht, wie sehr sie sich täuschen sollte.

Ashley

Roddy wartete an der Kreuzung.

Mal davon abgesehen, dass er manchmal ein bisschen ängstlich war, war er wirklich okay. Da er und seine Eltern nur ein Stückchen die Straße rauf wohnten, kannten Melody und er sich seit einer Ewigkeit und hatten schon im Sandkasten zusammen gespielt. Aber das war nicht der einzige Grund, warum sie Freunde waren.

Roddy war kleiner als die meisten Jungs seines Alters und ein bisschen pummelig, hatte eine Brille mit dicken Gläsern und Haare, die so aussahen, als würden sie unter Strom stehen. Genau wie Melody war er am liebsten zu Hause und steckte seine Nase in Bücher, die er verschlang wie andere Leute Kartoffelchips. Bei den Jungen in der Schule war er deshalb ungefähr so beliebt wie Melody bei den Mädchen, also hatten sie tatsächlich viel gemeinsam. Sie waren verwandte Seelen, irgendwie.

„Guten Morgen, Melody", grüßte Roddy schon von Weitem und strahlte über sein ganzes blasses Gesicht. „Alles Gute zum Geburtstag!"

„Daran hast du gedacht?" Melody hielt ihr Fahrrad an und stieg ab. „Das ist lieb von dir!"

„Klar", meinte Roddy. „Und ich hab sogar ein Geschenk für dich!" Mit diesen Worten öffnete er die Satteltasche seines Fahrrads und kramte darin herum, so als müsste er nach etwas suchen. Dann zauberte er mit einer großen Geste ein Geschenk hervor, das in buntes Papier gewickelt war. Es war ein bisschen zerquetscht und die Schleife darauf ziemlich zerknittert, aber Roddys Begeisterung tat das keinen Abbruch.

„Für dich!", verkündete er aufgeregt.

„Ehrlich?"

Er nickte eifrig.

Melody nahm das Geschenk entgegen und packte es aus. Heraus kam ein wollener Schal, lila mit orangeroten Streifen.

„Deine Lieblingsfarben", sagte Roddy dazu. „Hab ich selbst gestrickt. Meine Mom hat mir gezeigt, wie's geht." Ein stolzes Lächeln glitt über sein rundliches Gesicht. Dann wurde er plötzlich ernst. „Gefällt er dir?"

„Ob er mir gefällt?" Melody konnte gar nicht anders, als Roddy zu umarmen. „Das ist das schönste Geschenk, das ich je zum Geburtstag bekommen habe. Vielen Dank!"

„Puh", machte Roddy und wischte sich den Schweiß von der Stirn. „Da bin ich aber echt froh. Ich dachte schon ..."

„Er ist wunderschön", versicherte Melody und legte sich den Schal gleich um. Dass er nicht recht zur Schuluniform passte, störte sie nicht. Er war flauschig weich und mollig warm.

Dann machten die beiden sich auf den Weg zur Schule, sie waren ohnehin schon ziemlich spät dran. Die Arran Highschool lag in Lamlash, dem nächsten Ort die Hauptstraße runter. Am Morgen hatte sie etwas von einem Ameisenhaufen mit all den Schülern, die überall herumwimmelten, bis der Unterricht endlich anfing.

Für Melody und Roddy glich der Gang über den Schulhof einem Spießrutenlauf. Schließlich konnte man nie wissen, von wem man angepöbelt wurde. An diesem Morgen schien es zunächst so, dass alles gut gehen würde. Aber obwohl es Melodys Geburtstag war, war es nicht ihr Tag. Denn im Eingang zum Klassenzimmer stand Ashley McLusky.

Ashley war das mit Abstand beliebteste Mädchen der Schule, ein blonder Traum auf zwei Beinen – oder

Albtraum, je nachdem, wie man es sah. Alle Jungs fanden sie toll, sogar solche, die sich angeblich gar nicht für Mädchen interessierten. Und die Mädchen bewunderten sie und hätten wer weiß was darum gegeben, so zu sein wie sie. Ashley hatte immer die neuesten Klamotten und das teuerste Handy, außerdem einen kleinen Pudel mit rosa gefärbtem Fell, der auf den Namen Pom Pom hörte. Den schleppte sie überall herum, sie nahm ihn sogar mit in die Schule, obwohl Tiere dort eigentlich verboten waren.

Aber dagegen sagte niemand etwas. Denn Ashleys Vater war Buford McLusky – der Mann, der das Stone Inn abreißen wollte und dem die halbe Stadt gehörte.

„Also wirklich, Leute! Was ist das denn?", sagte Ashley zu Kimberley und Monique, ihren beiden besten Freundinnen, die sie stets umkreisten wie zwei Satelliten die Erde. „Ist wohl der allerletzte Schrei in der Modewelt?"

Melody brauchte einen Moment, um zu verstehen, dass Ashley den Schal meinte, den Roddy ihr geschenkt hatte.

„Wirklich, Campbell", stichelte Ashley weiter. „Dass du dich geschmacklos kleidest, wissen wir ja alle. Aber dass du jetzt Streifen zu deiner Schuluniform trägst, noch dazu in diesen grässlichen Farben, das geht nun wirklich gar nicht! Und wer hat das Ding denn gestrickt? Ein einarmiger Blinder? Da sind ja jede Menge Fehler drin!"

Monique und Kimberley kicherten schadenfroh. Roddy bekam einen roten Kopf. Wut brannte in Melodys Bauch wie ein runtergeschlucktes Bonbon, aber sie beschloss, den Mund zu halten. Mit Ashley McLuskys Bemerkungen war es wie mit einem tropfenden Wasserhahn – am Anfang nervten sie, aber mit der Zeit gewöhnte man sich dran. Außerdem endeten Auseinandersetzungen mit Ashley stets damit, dass Melody zum Rektor musste und Strafarbeiten aufgebrummt bekam. Und sie hatte keine Lust, ihren Geburtstag mit Nachsitzen zu verbringen. Also schob sie sich wortlos an Ashley vorbei ins Klassenzimmer, was dieser ganz und gar nicht passte.

„Hörst du nicht, Campbell?", rief sie ihr hinterher. „Ich rede mit dir!"

„Schon", räumte Melody ein. „Aber ich nicht mit dir."

In der Hoffnung, dass die Sache damit erledigt wäre, zog sich Melody auf ihre Sitzbank ganz hinten im Klassenzimmer zurück. Aber es wurde ein unruhiger Tag.

Die ganze Zeit über tuschelte Ashley mit ihren Freundinnen, und Melody konnte sehen, wie sie kleine Botschaften schrieben und austauschten. Natürlich kochten sie etwas aus, und Melody war klar, dass sie das

Ziel dieser Pläne war. Sie beschloss, auf der Hut zu sein, auch wenn das letztlich nicht viel nützen würde.

Die Bombe platzte in der letzten Stunde. Die Mädchen hatten Sport bei Mrs Brown gehabt und waren gerade in der Umkleide, als Ashley und ihre beiden Schatten auftauchten.

„He, Campbell!"

Melody blickte auf.

„Also gut", sagte Ashley, die vor ihr stand, ihren Pudel auf dem Arm, der mindestens ebenso giftig dreinschaute wie sie selbst. „Da du von Mode keine Ahnung hast, haben wir beschlossen, dir ein bisschen Nachhilfe zu geben." Sie nickte Kimberley zu, die sich kurzerhand den Schal schnappte, den Melody von Roddy bekommen hatte.

„He!", rief Melody. „Was soll das? Gib das sofort wieder her!"

„Was denn?" Ashley zog eine Schnute, während sie Pom Pom streichelte. „Hängst du etwa an dem Fetzen?"

„Es war ein Geschenk", erklärte Melody.

„Na klar, wer würde sich so was auch kaufen?" Ashley zuckte mit den Schultern. „Wer hat dieses hässliche Ding eigentlich verbrochen? Vielleicht deine altersschwache Großmutter? Oder dein schwachsinniger Freund, das Frettchen?"

Die anderen Mädchen lachten. Nicht nur Monique

und Kimberley, sondern auch der Rest der Klasse, der sich neugierig um sie versammelt hatte.

„Gib den Schal wieder her!", verlangte Melody. „Auf der Stelle!"

„Du kriegst ihn ja gleich wieder", beschwichtigte Ashley. „Aber so, wie das Ding aussieht, kannst du es unmöglich tragen. Lila und Orange gehen gar nicht. Du brauchst dringend Nachhilfe in Sachen „Styling". Schwarz ist gerade angesagt, wusstest du das nicht?"

Monique trat vor und stellte etwas auf den Boden. Es war ein Topf mit pechschwarzer Farbe, den die Zicken offenbar aus der Werkstatt des Hausmeisters geklaut hatten. Kimberley und Monique nahmen den Deckel ab – und waren im nächsten Moment dabei, den Schal in die Farbe zu tauchen!

„Nein!", schrie Melody und wollte aufspringen. Aber sie wurde von ein paar anderen Mädchen festgehalten, die vor Ashley glänzen wollten. Allen voran Sondra Lucklin, das mit Abstand größte Mädchen der Klasse. Melody wehrte sich nach Kräften, aber gegen Sondra hatte sie keine Chance. Und so musste Melody hilflos zusehen, wie Roddys Geschenk unter hämischem Gelächter in den Farbtopf gestopft wurde.

Tränen schossen ihr in die Augen. Roddy hatte sich so viel Mühe gegeben, um ihr eine Freude zu machen. Doch jetzt war sein Werk nur noch ein schwarzer Lappen.

„So", meinte Ashley zufrieden. „Damit siehst du viel besser aus als vorher. Probier ihn doch gleich mal an!"

Mit zwei Fingern hielt Kimberley den Fetzen hoch und kam damit auf Melody zu – und ihr wurde klar, dass sie sofort verschwinden musste.

In ihrer Not stampfte sie mit dem Fuß und Sondra heulte auf wie eine Nebelboje, offenbar hatte Melody ihre Zehen erwischt. Sie spürte, wie sich Sondras Griff lockerte. Im nächsten Moment hatte sie sich auch schon losgerissen und stürzte Hals über Kopf aus der Umkleide.

„Hinterher! Holt sie zurück!", hörte sie Ashley rufen.

So schnell sie konnte, rannte Melody den Gang hinab, was gar nicht so einfach war, denn sie war von der Sportstunde noch ziemlich außer Puste. Trotzdem schaffte sie es aus dem Schulgebäude, ohne eingeholt zu werden. Aber wohin jetzt?

Zu ihrem Fahrrad konnte sie nicht, da wäre sie ihren Verfolgerinnen geradewegs in die Arme gelaufen. Also am besten in die Stadt und irgendwo ein Versteck suchen.

Sie rannte an der Schule vorbei die Straße entlang. Die anderen Mädchen kreischten wütend hinter ihr – und holten rasch auf. Jäh bog Melody in eine Seitenstraße ab, dann in eine schmale, von alten Steinhäusern gesäumte Gasse und dann gleich noch mal in eine andere – und stand plötzlich vor der Tür mit der Aufschrift:

Clue's CURIOSITIES

Melody konnte nicht sagen, ob es der Zufall gewesen war, der sie hierhergeführt hatte, oder ob sie in ihrer Verzweiflung einfach den vertrauten Weg genommen hatte. Aber eines war klar: Der Antiquitätenladen des alten Mr Clue war ihre Rettung. Deshalb stürmte sie die Treppe hinauf und platzte hinein.

Das Windspiel über der Tür begrüßte sie mit warmem Klang. Dann umfing sie beruhigende Dunkelheit, die durchsetzt war mit dem Geruch von altem Papier und knorrigem Leder. Erst jetzt in der Stille merkte Melody, wie laut ihr Herz pochte.

Durch das schmutzige Glas der Eingangstür konnte sie ihre Verfolgerinnen draußen vorbeihetzen sehen, wild kreischend und den versauten Schal wie eine Trophäe schwenkend. Offenbar hatten sie Melodys Verschwinden noch nicht bemerkt. Das Kreischen verebbte.

Melody atmete auf.

Fürs Erste war sie gerettet.

„Guten Tag", sagte da eine tiefe Stimme hinter ihr.

Der Ring

Erschrocken fuhr Melody herum – und sah sich Mr Clue gegenüber. Gebeugt stand er da und blickte auf sie herab. Und das wollte bei jemandem, der beinahe zwei Meter groß war, schon etwas heißen. Sein faltiges, von weißem Haar umrahmtes Gesicht schwebte über ihr, seine grauen, klugen Augen blickten sie prüfend an.

Niemand auf der Insel wusste genau, wie alt Mr Clue war. Die einen behaupteten, er wäre erst in den späten Siebzigerjahren nach Arran gekommen, andere schworen Stein und Bein, er hätte schon immer hier gelebt. Tatsächlich war er ein ziemlich komischer alter Kauz, über den die aberwitzigsten Gerüchte im Umlauf waren.

Schon seine Kleidung war sehr ausgefallen. Über einer abgewetzten Cordhose und einem weißen Hemd mit Krawatte, das ihn wie einen Professor aus Oxford aussehen ließ, pflegte er einen Hausmantel aus dunkelgrünem Samt zu tragen, der vermutlich genauso alt war wie er selbst. Taschen und Nähte waren ausgefranst, und an einigen Stellen hatten es sich die Motten bereits schmecken lassen. Dennoch hätte er sich nie von dem alten Ding getrennt, das er auch außerhalb des Hauses trug. Manche Leute behaupteten deshalb, dass er nicht ganz richtig im Kopf sei, aber das stimmte nicht. Melody jedenfalls kannte niemanden, der auch nur annähernd so klug war wie Mr Clue. Er hatte mehr Bücher gelesen als Granny Fay, und ganz sicher war er schlauer als alle ihre Lehrer zusammen.

„Melody!", entfuhr es ihm überrascht, und sein ohnehin schon langes Gesicht zog sich noch mehr in die Länge.

„Tag, Mr Clue", grüßte Melody und zuckte ein bisschen verlegen mit den Schultern.

„Was führt dich denn um diese Zeit hierher? Solltest du nicht in der Schule sein?"

„Eigentlich schon …", gab sie etwas verlegen zu.

„Bist du mal wieder auf der Flucht?"

Melody nickte betreten. Wenn sie eines gelernt hatte, dann dass es keinen Sinn hatte, Mr Clue etwas vorzumachen.

„Diese Bande", eiferte er sich und trat an die Glastür, um einen Blick hinauszuwerfen. Aber von Kimberley, Monique und den anderen war nichts mehr zu sehen. „Wann werden die endlich aufhören, dir das Leben schwer zu machen?"

„An dem Tag, an dem ich meinen Abschluss mache", meinte Melody achselzuckend. „Vorher wohl eher nicht."

Mr Clue lachte leise, und es hörte sich so an, als würde ein altes Sofa knarren. „Deinen Humor hast du dir immerhin bewahrt", sagte er. „Das ist wichtig. Ganz besonders an einem Freudentag wie heute."

Sie sah ihn überrascht an. „Sie wissen …?"

„Natürlich", fiel er ihr grinsend ins Wort. „Herzlichen Glückwunsch zum Geburtstag."

„Danke", erwiderte Melody verdutzt.

„Was immer du haben möchtest, es gehört dir", fügte Mr Clue zu ihrer Überraschung hinzu.

„Wie bitte?"

„Du darfst dir was aus meinem Laden aussuchen", erklärte er und wies mit einer ausladenden Handbewegung auf die bis zum Bersten vollgestopften Regale, Schränke und Vitrinen.

„W…wirklich?"

„Was ist denn heute los mit dir, Kind?" Er legte den Kopf schief und stemmte die dürren Arme in die Hüften. „Sonst bist du doch auch nicht so schwer von Begriff!"

„Nein", erwiderte Melody nickend. „Ich meine ja",

verbesserte sie sich und schüttelte den Kopf. Sie war völlig überrumpelt. Staunend stand sie vor all den Kostbarkeiten, die sich in Mr Clues Laden türmten. Melody war klar, dass viele Leute – und zwar vor allem Erwachsene – all diese Dinge für überflüssiges Gerümpel hielten. Aber das war ziemlich dämlich, denn Mr Clues Laden war eine richtige Schatzkammer, in der es alles gab, was das Herz begehrte. Man musste es nur erkennen.

Zum einen war da natürlich der Nippes für die Touristen, wie er überall auf der Insel verkauft wurde – von Ansichtskarten und billigen T-Shirts über Biergläser mit Inselmotiv bis hin zu Schlüsselanhängern und kleinen Nachbildungen der Keltensteine, die es auf Arran gab.

Viel interessanter fand Melody aber die vielen Bücher, die sich in den Regalen drängten – uralte, in Leder gebundene Wälzer, von denen viele in lateinischer Sprache geschrieben waren. Oder auf Gälisch; das war die Sprache, die früher in Schottland gesprochen worden war. Nur wenige Leute beherrschten sie noch. Granny Fay hatte Melody ein paar Wörter beigebracht, deshalb wusste sie zum Beispiel, dass *leabhar* „Buch" bedeutete und *ribhinn* „Mädchen".

Melody hatte sich schon immer für die Vergangenheit interessiert. Sie hatte unzählige Geschichten gelesen, die von wagemutigen Kämpfern und gefährlichen

Entdeckerreisen handelten, und sie liebte es, sich mit alten Dingen zu beschäftigen. Das war ein bisschen, als würde man in eine Zeitmaschine steigen und sich auf ein großes Abenteuer begeben. In Mr Clues Laden gab es jede Menge solcher Fundstücke, und jedes einzelne davon schien eine eigene Geschichte zu erzählen: Da waren rostige Ritterrüstungen und schartige Schwerter und eine Streitaxt, die angeblich keinem Geringeren als dem schottischen Nationalhelden „Braveheart" William Wallace gehört hatte; eine Sammlung von Geweihen an der Wand und ein ausgestopfter Wolf, der so aussah, als wollte er sich jeden Augenblick auf den ahnungslosen Kunden stürzen; eine Vitrine, die bis unter den Rand mit Muscheln und seltenen Versteinerungen gefüllt war, mit Halbedelsteinen sowie mit verschieden großen Scherben, die aus keltischen und römischen Ausgrabungen stammten; Reihen von Einmachgläsern, in denen Echsen, Schlangen und andere tote Reptilien in einer gelben Flüssigkeit schwammen; alte Vasen in allen Formen und Größen, manche mit chinesischen Zeichen darauf; unzählige Holzschachteln mit großen und kleinen Kuriositäten; eine alte Schreibmaschine, die mindestens hundert Jahre auf dem Buckel hatte, sowie eine ganze Menge weiterer Dinge und Werkzeuge, deren Zweck Melody noch nicht einmal erahnte. Und über allem lagen der Staub und die Patina einer längst vergangenen, geheimnisvollen Zeit.

Bei all der Fülle fiel Melody die Auswahl nicht leicht. Eine Zeit lang liebäugelte sie mit einer alten Landkarte der Insel, ehe sie sich in einen Spiegel verliebte, der mit einer fremdartigen, an ein Labyrinth erinnernden Schnitzerei verziert war. Dann kam sie auf die Idee, eine chinesische Vase zu nehmen, um sie Granny Fay mitzubringen, aber Mr Clue meinte, das Geschenk sei ausschließlich für sie selbst bestimmt. Also schaute sie sich weiter um. Sie kroch sogar in die engsten und staubigsten Winkel, wo es muffig und nach altem Öl roch und man eine Lampe brauchte, um überhaupt noch etwas sehen zu können.

Und genau da fand sie ihn. In einer alten Holzschachtel.

Broschen und Fibeln lagen darin, sogar ein paar Orden aus der Zeit Napoleons waren dabei. Plötzlich jedoch schien in dem Durcheinander etwas türkisblau aufzuleuchten. Melody wühlte in der Schachtel nach der Lichtquelle – und hielt schließlich einen Ring in der Hand.

Es war allerdings keiner von denen, die man beim Juwelier kaufen konnte. Er war ganz glatt und die Fassung hatte die Form eines Auges. In den türkisblauen Stein war ein Symbol eingraviert – eine Hand oder Klaue, soweit sich das sagen ließ.

Obwohl das Silber schwarz angelaufen war und sich Melody eigentlich gar nichts aus Schmuck machte, faszinierte sie das Ding irgendwie. Und schon stand ihre Entscheidung fest: Dies sollte ihr Geburtstagsgeschenk sein!

Vorsichtig kehrte sie ans Tageslicht zurück. Als Mr Clue den Ring erblickte, hob er eine Braue. „Hm", machte er nur. Seine faltige Miene verfinsterte sich.

„Ist was nicht in Ordnung?", fragte Melody. „Sie haben doch gesagt, ich hätte die freie Wahl."

„Warum willst du ausgerechnet diesen Ring haben?", fragte Mr Clue rundheraus. „Wenn du glaubst, dass er besonders wertvoll ist, muss ich dich enttäuschen."

„Das ist mir egal", versicherte Melody. „Ich finde den Ring einfach nur cool. Und außerdem …"

„Ja?", hakte Mr Clue nach.

„Außerdem hatte ich vorhin den Eindruck, als hätte der Stein kurz aufgeleuchtet", erwiderte sie. „Vielleicht war es nur der Widerschein der Taschenlampe, aber ein bisschen kam es mir vor, als ob …"

„Als ob was?"

„Na ja", meinte Melody ein bisschen verlegen, „es war ein bisschen, als ob mich der Ring gerufen hätte."

„Tatsächlich?"

Melody nickte. „Ich weiß natürlich, dass das Blödsinn ist, aber ich …"

„Manche Menschen", fiel Mr Clue ihr ins Wort, „würden ein Wunder nicht einmal erkennen, wenn es direkt vor ihren Augen stattfände. Ich glaube, du solltest den Ring behalten."

„Ernsthaft?"

„Natürlich. Ein Cassander Clue steht immer zu seinem Wort", sagte der alte Mann und schloss ihre Hand um den Ring. „Möge dir mein Geschenk viel Freude bereiten."

„Danke, Sir", sagte Melody – und verbeugte sich spontan. Warum sie das tat, wusste sie schon im nächsten Moment nicht mehr zu sagen. Es schien nur einfach das Richtige zu sein, und ihre Oma hatte ihr beigebracht, auf ihr Gefühl zu vertrauen.

„Gern geschehen." Mr Clue zwinkerte ihr unter seinen schlohweißen Brauen zu. „Und jetzt solltest du dich auf den Heimweg machen. Schließlich wollen wir nicht, dass sich deine Großmutter Sorgen macht. Sie hat auch so schon genug um die Ohren in diesen Tagen."

„Das stimmt", musste Melody zugeben – und schämte sich zugleich dafür, dass sie die ganze Zeit über nicht mehr an Granny Fay und das Stone Inn gedacht hatte.

Sie steckte den Ring an ihren rechten Zeigefinger, wo er gerade so passte, dann trat sie zur Tür und spähte vorsichtig hinaus.

Die Luft schien rein zu sein.

„Auf Wiedersehen, Mr Clue und vielen Dank!" Und schon war sie nach draußen geschlüpft, begleitet vom Klang des Windspiels.

Vorsichtig schlich Melody zur Schule zurück. Von Ashley und ihrer Horde war zum Glück nichts mehr zu sehen, also packte sie ihr Zeug zusammen, das sie in der Eile zurückgelassen hatte, und holte ihr Fahrrad.

Sie hatte die Hauptstraße noch nicht erreicht, als es in Strömen zu regnen anfing.

Es war wirklich nicht ihr Tag.

Nächtliche Entdeckung

Sie fühlte sich unbeschwert und frei.

In Windeseile ging es über Hügel und Täler, über Wälder und Moore und vorbei an den schneebedeckten Hängen des Goat Fell, der die Insel wie ein riesiger steinerner Wächter überragte. Dann sauste sie mit atemberaubender Geschwindigkeit hinab ins Tal und am Fluss entlang und wieder steil bergauf, um gleich darauf in die Tiefe zu fallen.

Melody sah den Boden auf sich zukommen, die braune Erde und das fleckige Gras. Aber sie hatte keine Angst, denn schon im nächsten Moment wurde der Sturz abgebremst und der wilde Flug ging weiter. Sie hatte das Gefühl, vor Freude schreien zu müssen, so leicht war sie …

„Melody!"

Jemand rief ihren Namen. Die Stimme kam ihr entfernt bekannt vor, aber sie tat so, als würde sie sie gar nicht hören. Sie wollte nicht, dass der Flug endete, wollte immer weiter durch die Lüfte gleiten ...

„Melody!"

Wieder rief die Stimme, diesmal noch lauter. Widerstrebend blinzelte Melody – und war im nächsten Moment wach.

Zu ihrer Enttäuschung befand sie sich nicht hoch oben in der Luft, sondern zu Hause in ihrem Bett, in der kleinen Dachkammer des Stone Inn, die sie bewohnte.

Es war nur ein Traum gewesen.

Aber was für einer! Das war keiner jener Träume, die einen quälten, wenn man abends zu viel Pizza gegessen oder einen Horrorfilm geguckt hatte. Nein, dieser Traum war wohltuend gewesen und so deutlich, als hätte sie den wilden Flug wirklich erlebt. Melody hatte den Wind in ihrem Haar gespürt. Und sogar jetzt noch, da sie glockenwach und aufrecht in ihrem Bett saß, hatte sie das Gefühl, den würzigen Duft der Wälder und Moore zu riechen.

Plötzlich fiel ihr die Stimme wieder ein, die nach ihr gerufen hatte. Kam sie aus dem Traum? Oder hatte sie sie wirklich gehört? Hatte die Stimme sie geweckt?

Mit pochendem Herzen lauschte Melody in die dunkle Stille ihres Zimmers, aber nichts war zu hören außer dem Ticken des Weckers auf ihrem Nachtkästchen. Dafür fiel Melody etwas anderes auf.

Der Ring von Mr Clue, der neben dem Wecker lag, leuchtete!

Zuerst glaubte Melody, dass ihre Sinne ihr einen Streich spielten, also rieb sie sich ordentlich die Augen. Und als auch das nichts half, kniff sie sich in den Arm.

Aber das Leuchten blieb.

Melody kroch zum Nachtkästchen, um den Stein genauer zu betrachten. Trotz des Leuchtens strahlte der Ring keine Hitze ab, sie konnte ihn einfach in die Hand nehmen. Sie hatte sich also nicht getäuscht: Der Ring hatte im Laden tatsächlich geleuchtet und war dann erloschen. Aber warum leuchtete er jetzt wieder?

Seltsam ...

Einen Augenblick überlegte Melody, ob sie Granny Fay wecken sollte. Aber sie verwarf den Gedanken schnell wieder, denn sie wollte ihre Großmutter nicht beunruhigen. Hatte die geheimnisvolle Stimme etwas mit dem Leuchten zu tun? Melody fröstelte. Vorsichtig legte sie den Ring zurück auf das Nachtkästchen und legte sich wieder hin, aber natürlich war an Schlaf nicht mehr zu denken. Immer wieder blinzelte sie nach dem blau leuchtenden Stein.

„Melody!"

„Ja?" Sie schreckte hoch.

War sie kurz eingeschlafen und hatte wieder geträumt? Oder hörte sie die Stimme tatsächlich? Sie schien von draußen gekommen zu sein …

Rasch schwang sich Melody aus dem Bett. Es war kalt in ihrem Zimmer und sie fror erbärmlich in ihrem Nachthemd. Trotzdem huschte sie zum Fenster und spähte hinaus. Während die Zimmer für die Touristen fast alle Meerblick hatten, waren ihr Zimmer und das von Granny zur Landseite hin ausgerichtet. Im Mondlicht konnte Melody die Hügel hinter dem Haus sehen, den nahen Waldrand und …

„Das gibt's doch nicht!", entfuhr es ihr.

War dort über dem Hügelgrat nicht auch ein blaues Leuchten? Melody eilte zum Nachtkästchen und holte den Ring. Er strahlte immer intensiver, je mehr sie sich dem Fenster näherte. Was hatte das zu bedeuten?

Auf der anderen Seite des Hügels befanden sich die Überreste eines alten keltischen Steinkreises, über den allerhand gruselige Geschichten erzählt wurden. Melody fröstelte, aber gleichzeitig war ihre Neugier geweckt.

In diesem Moment erlosch der Ring.

„Hey", schimpfte Melody und schüttelte den Ring wie eine Taschenlampe, deren Batterien schwach geworden waren.

Aber es half nichts.

Und auch draußen über den Hügeln war wieder nur der dunkle Nachthimmel. Was in aller Welt war da los?

Melody lag noch lange wach in dieser Nacht.
Eine Antwort fand sie nicht.

Spaghetti

„Ganz echt jetzt?"

Roddy schaute sie mit großen Augen an. Seine Nasenwurzel zuckte und ließ die Brille beben, wie immer wenn er wegen etwas aufgeregt war.

„Wenn ich dir's doch sage", beteuerte Melody. „Das Ding hat geleuchtet wie eine Glühbirne. Und draußen über den Hügeln hat auch etwas geleuchtet."

„Wirklich seltsam", meinte Roddy. Offenbar fiel es ihm ziemlich schwer, Melodys Geschichte zu glauben. Aber als ihr bester Freund gab er sich alle Mühe und das rechnete sie ihm hoch an.

Der Tag hatte schlecht begonnen. Da Melody nachts so lange wach gelegen hatte, hätte sie am Morgen glatt verschlafen. Wenn Roddy nicht an ihrer Haustür geklingelt hätte, wäre sie zu spät in die Schule gekommen. So hatten sie es gerade noch geschafft. Allerdings war keine Zeit geblieben, Roddy von dem nächtlichen Erlebnis zu erzählen. Erst jetzt beim Mittagessen kam Melody dazu. Es gab Spaghetti mit Fleischklößchen, wie immer mit viel zu viel Salz. Während sie aßen, betrachteten sie den Ring, den Melody vor sich auf das Tablett gelegt hatte.

„Eigentlich sieht er ganz unscheinbar aus", stellte Roddy fest. „Bis auf das eingravierte Zeichen."

„Hast du so was schon mal gesehen?"

Er schüttelte den Kopf. „Der Ring scheint ziemlich alt zu sein. Vielleicht stammt er von einem Kapitän. Oder von einem reichen Kaufmann, der einer Gilde angehörte."

„Das erklärt noch nicht, warum er manchmal ganz plötzlich zu leuchten anfängt", wandte Melody ein. Sie konnten ganz offen sprechen, denn im Speisesaal herrschte wie an jedem Mittag solcher Trubel, dass man kaum sein eigenes Wort verstand.

„Vielleicht ist ja wirklich ein Lämpchen eingebaut", mutmaßte Roddy. „Mit LED-Technik und einer kleinen Batterie lässt sich so was machen."

„Und was ist mit dem Leuchten über dem Hügel? Sollen das auch LED-Lämpchen gewesen sein?" Melody legte ihre Gabel beiseite und griff stattdessen nach dem Ring. „Nein, da muss was anderes dahinterstecken. Und ich werde es herausfinden."

„Isst du deine Spaghetti noch?", wollte Roddy wissen.

„Nein." Sie schob ihm ihren noch halb vollen Teller hin, worauf er sich eifrig darüber hermachte. Melody hatte keinen Hunger mehr, das Rätsel um den Ring erforderte ihre ganze Aufmerksamkeit.

„Heute Nacht", kündigte sie an, „werde ich der Sache auf den Grund gehen. Bist du dabei?"

„Ich?" Eine lange Nudel verschwand schlabbernd in Roddys Mund. Ein Spritzer Tomatensoße landete auf seiner Brille.

„Nein, dein unsichtbarer Zwillingsbruder", gab Melody zurück. „Natürlich du, wer sonst?"

„Hältst du das für eine gute Idee?", fragte Roddy.

„Hast du etwa Angst?"

„Blödsinn." Er schüttelte den Kopf, dass sein wirres Haar nur so flog. „Aber wir sollten auch nichts überstürzen. Wir wissen doch gar nicht, was es mit diesem Ring auf sich hat."

„Das möchte ich ja eben herausfinden", beharrte Melody. „Auf der anderen Seite des Hügels, wo das Leuchten herkam, befindet sich der alte Steinkreis. Vielleicht hat er etwas damit zu tun."

„Die Keltensteine?" Jetzt schien auch Roddys Appetit nachzulassen. Er ließ seine Gabel sinken. „Ist das dein Ernst?"

„Klar, warum nicht?"

„Du weißt doch, was sich die Leute darüber erzählen. In den alten Tagen haben dort Druiden ihr Unwesen getrieben. Und irgendwann im Mittelalter soll es dort einen blutigen Kampf gegeben haben. Ein echtes Massaker!"

„Und wenn schon – das ist doch eine Ewigkeit her", hielt Melody dagegen. „Oder hast du etwa Angst, die alten Druiden könnten dort noch herumgeistern?"

„Darüber macht man keine Witze", sagte Roddy beleidigt.

„Entschuldige, ich wollte dir keinen Schrecken einjagen."

„Hast du auch nicht."

„Aber es muss eine Erklärung für all das geben", beharrte Melody. „Also, was ist? Bist du dabei oder nicht?"

Roddy schien darüber erst nachdenken zu müssen. Er nahm seine Brille ab und wischte sorgfältig die Tomatensoße von dem Glas. „Und diese Stimme hat wirklich deinen Namen gerufen?", erkundigte er sich.

„Ja", räumte Melody ein. „Aber es könnte auch nur ein Traum gewesen sein."

„Und wenn es kein Traum war? Wenn es wirklich die Geister der Druiden gewesen sind?"

„Dann verrate mir mal, woher die meinen Namen kennen", wandte Melody ein.

Dieser Einwand schien Roddy einzuleuchten.

„Also gut", erklärte er, nachdem er die Brille wieder aufgesetzt hatte.

„Du bist also dabei?"

Er nickte.

„Super. Dann treffen wir uns heute um Mitternacht an ..."

„Sieh an! Wen haben wir denn da?"

Melody brauchte gar nicht hinzusehen, um zu wissen, wem die kreischende Stimme gehörte. Rasch steckte sie den Ring weg, dann erst blickte sie auf.

Es war natürlich Ashley, wie immer in Begleitung von Kimberley und Monique, und alle taten sie so, als wäre am Vortag nichts geschehen. Die drei hatten ihr langes Haar streng zurückgekämmt und trugen Unmengen von Make-up im Gesicht. Sie sahen aus wie Indianer auf dem Kriegspfad.

„Du hast dich ja gestern ziemlich schnell verzogen", stellte Ashley fest. Aus der ledernen Handtasche an ihrem Arm lugte Pom Pom heraus und knurrte feindselig. „Dabei waren wir noch gar nicht fertig."

„Das lag wahrscheinlich an deinen Modetipps", konterte Melody.

„Dachte ich's mir doch." Ashley entblößte ihr strahlend weißes Gebiss zu einem Grinsen. „So ein Trampel wie du weiß meine Hilfe einfach nicht zu schätzen. Dabei war das das Beste, was man mit diesem grässlichen Ding von einem Schal machen konnte."

Roddy zuckte zusammen.

Melody hatte ihm erzählt, was geschehen war, entsprechend feindselig war der Blick, den er Ashley zuwarf. Sich zu beschweren, traute er sich nicht. Denn Ashley hatte schon einen Freund, Maxwell Fraser, und der war zwei Klassen über ihnen und der beste Sportler der Schule. Außerdem war er ein fieses Ekelpaket, das sich einen Spaß daraus machte, andere Schüler herumzuschubsen und zu schikanieren. Ashley und er passten perfekt zusammen.

„Was glotzt du denn so blöd, Frettchen?", giftete Ashley Roddy an. „Iss deine Spaghetti!"

„Danke." Roddy schob den Teller von sich weg und verschränkte die Arme. „Mir ist der Appetit vergangen."

„So? Wie schade!" Ashley griff kurzerhand nach seinem Teller. „Ich könnte den Rest ja Pom Pom geben, aber ihm schmeckt der Fraß hier einfach nicht. Zum Glück lässt mein Vater für meine Freunde und mich eine eigene Mittagsverpflegung liefern. Wir hatten heute Lachspastetchen auf grünem Salat."

„Schön für dich", knurrte Melody.

„Das Zeug hier ist völlig ungenießbar", fügte Ashley mit Blick auf den Teller hinzu. „Obwohl – zu einer Sache taugt es vielleicht doch."

Damit trat sie vor, und noch ehe Melody reagieren oder auch nur etwas sagen konnte, schüttete sie ihr die verbliebene Portion Spaghetti über den Kopf. „Das gibt dem Haar Farbe und Spannkraft."

Gelähmt vor Ekel spürte Melody die ölig warme Tomatensoße an den Schläfen herab über ihr Gesicht und in den Nacken rinnen, bis unter ihren Pullover. Ihre Augen brannten. Dann kamen die Nudeln, die über Haar und Schultern glitten und schließlich auf dem Tisch landeten. Vor Scham lief Melody knallrot an, denn alle Gespräche in der Mensa waren verstummt, alle Augen waren auf sie gerichtet.

Zuerst wurde nur vereinzelt gekichert. Dann prustete irgendwer los und im nächsten Moment gab es kein Halten mehr. Hämisches Gelächter ließ den Saal erbeben. Gelächter, das einzig und allein Melody Campbell galt, dem dürren rothaarigen Mädchen mit den Spaghetti auf dem Kopf.

Einen Augenblick lang saß sie nur da. Sie war zu entsetzt, um etwas zu unternehmen, zu fassungslos über so viel Bosheit. Obwohl sie dagegen ankämpfte, füllten sich ihre Augen mit Tränen, und plötzlich sprang sie auf und lief aus der Mensa, von Gejohle begleitet. „Melody!", hörte sie Roddy irgendwo hinter sich rufen, aber es war ihr egal. Sie wollte nur weg, rasch weg.

Ihr erster Weg führte sie zur Toilette, wo sie den Wasserhahn aufdrehte und versuchte sich sauber zu machen. Sie pulte sich die Nudeln aus dem Haar und spülte die Soße aus, aber das änderte nichts daran, dass sie aussah wie eine Maus, die in einen Suppentopf gefallen war: Ihr Haar war nass und fettig und roch nach Knoblauch, und ihr Pullover war über und über mit Tomatensoße besudelt. Der Anblick im Spiegel war einfach nur entsetzlich.

„Du kapierst es nicht, oder?"

Melody fuhr herum.

Ashley stand in der offenen Tür, Pom Pom auf dem Arm.

„Was willst du von mir?" Melody weinte noch immer, ihre Stimme zitterte. „Warum kannst du mich nicht einfach in Ruhe lassen?"

„Wer weiß?" Ashley zuckte mit den Schultern, während sie ihren Pudel streichelte. „Vielleicht passt du ja einfach nicht an diese Schule."

„Wer sagt das? Du?"

Ashley sah sie an wie einen Regenwurm, den sie auf ihrem Salatteller entdeckt hatte. „Du bist ein Loser, Campbell. Genau wie das Frettchen, mit dem du immer abhängst. Und wie deine Großmutter."

„Lass meine Granny aus dem Spiel", zischte Melody.

„Die Alte ist genauso schräg drauf wie du, das steht fest. Und das Haus, in dem ihr wohnt, ist eine Bruchbude."

„Das Stone Inn ist die älteste Pension auf der Insel", knurrte Melody wütend.

„Und so sieht es auch aus. Es ist ein Schandfleck und passt nicht hierher – genau wie du. Glücklicherweise wird mein Daddy diesen Schandfleck ausradieren. Und den anderen habe ich mir vorgenommen."

„Warum denn? Ich habe dir doch nichts getan!"

„Du bist hier", erklärte Ashley in ihrer ganz eigenen Logik. „Das reicht schon. An dieser Schule ist kein Platz für Loser wie dich."

„Und wohin soll ich deiner Ansicht nach gehen?", fragte Melody. „Das hier ist die einzige Highschool weit und breit!"

„Tatsächlich?", machte Ashley und verzog ihr perfekt geschminktes Gesicht in schlecht geheucheltem Bedauern. „Wirklich schade. Dann musst du eben fortgehen."

Damit drehte sie sich auf dem Absatz um und verschwand. Am liebsten wäre Melody ihr nachgerannt und hätte sich auf sie gestürzt, aber das hätte alles nur noch schlimmer gemacht. Deshalb begnügte sie sich damit, sich auch noch den Rest Tomatensoße aus dem Haar zu spülen. Als sie auf den Gang hinaustrat, konnte sie hören, wie einige Mitschüler über sie tuschelten. Manche zeigten sogar mit dem Finger auf sie.

Melody hielt es nicht lange aus. Eigentlich war sie keine Schulschwänzerin. Im Gegensatz zu Ashley und ihren Freunden, bei denen die Lehrer immer wieder ein

Auge zudrückten. Doch eines war klar: Heute Nachmittag würde Mrs Gulch im Kunstunterricht ohne Melody auskommen müssen.

Der Weg zu ihrem Schließfach und von dort zu ihrem Fahrrad kam ihr endlos weit vor, überall lauerten hämisch grinsende Gesichter. Die Nachricht von dem Vorfall in der Mensa hatte sich wie ein Lauffeuer an der Schule verbreitet. Auch diejenigen, die nicht selbst dabei gewesen waren, waren inzwischen genau im Bilde.

Melody war ganz froh darüber, dass es draußen in Strömen regnete: Zum einen wusch der Regen auch noch den Rest von Knoblauchgeruch weg, zum anderen waren die grauen Schleier wie ein Vorhang, der sich gnädig hinter ihr zuzog.

Aber wenn sie geglaubt hatte, dass das alles für einen Tag genug Ärger gewesen war, so hatte sie sich gründlich geirrt.

Denn als sie auf der Küstenstraße zur Klippe fuhr, hinter der das Stone Inn lag, konnte sie trotz des prasselnden Regens schon ein unheimliches Rasseln und Stampfen hören. Und als sie die Klippe endlich umrundet hatte, konnte Melody sie auch sehen: Baufahrzeuge und Bagger! Ein Kran mit einer Abrissbirne!

Wie eine feindliche Armee rollten sie heran – geradewegs auf das Stone Inn zu, das sich grau und ängstlich am Fuß der Hügel duckte.

Gerade kam Granny Fay aus dem Haus, in ihrer weißen Schürze, das Gesicht feuerrot. Ganz allein schien sie bereit, sich den Maschinen in den Weg zu stellen ...

„Oh nein!"

Melody trat in die Pedale. Was an der Schule geschehen war, zählte plötzlich nicht mehr, die Sache mit den Spaghetti war nicht mehr wichtig. Ihre ganze Sorge galt nur noch Granny Fay.

Melody fuhr, so schnell sie konnte, die Straße entlang und dann die geschotterte Einfahrt hinauf. In einem wilden Slalomkurs gelangte sie zwischen Baggern und Lastern hindurch bis auf den Vorplatz des Inn. Sie sprang vom Fahrrad und stieß es achtlos zur Seite.

„Granny!"

Melody eilte zu ihr, und sie umarmten einander, fast wie zwei Schiffbrüchige, während ringsum der Sturm aufzog. Von allen Seiten rückten die Baumaschinen heran, so als fürchteten sie, das alte Gebäude könnte die Flucht ergreifen und man müsste ihm deshalb den Weg abschneiden.

Für einen Augenblick sah es so aus, als wollten sie überhaupt nicht mehr anhalten und das Stone Inn auf der Stelle dem Erdboden gleichmachen. Aber dann stoppten sie doch und die Motoren wurden abgestellt. Ein kräftiger Mann, der eine Leuchtweste und einen Helm mit dem Logo der Firma McLusky trug, stieg aus einem der Laster und kam über den Vorplatz auf sie zu.

„Sie!", entrüstete sich Granny Fay. „Was hat das zu bedeuten? Sie haben meine Enkelin und mich zu Tode erschreckt."

„Tut mir leid, Ma'am", meinte der Vorarbeiter Kaugummi kauend. „Ich hab meine Anweisungen."

„Dann kriegen Sie jetzt neue Anweisungen", sagte Granny Fay bestimmt. „Entfernen Sie sofort Ihre Fahrzeuge von meinem Grundstück. Noch ist das Stone Inn mein Eigentum!"

„Das Stone Inn schon, aber nicht das Land drumherum", erklärte der Vormann grinsend. „Das gehört alles Mr McLusky, und er hat das Recht, so viele Baufahrzeuge darauf abzustellen, wie er will."

Melody und ihre Großmutter tauschten einen Blick. Deshalb also waren die Fahrzeuge in einiger Entfernung stehen geblieben – sie parkten auf McLuskys Land.

„Das ... das ist unerhört", schimpfte Granny Fay. „Glauben Sie denn, noch ein einziger Gast verirrt sich in eine Pension, die von Baufahrzeugen umzingelt ist?"

„Damit hab ich nichts zu tun, Ma'am", versicherte der Vorarbeiter und hob abwehrend die Pranken. „Andere Baustelle, wenn Sie wissen, was ich meine."

Er tippte sich zum Abschied an den Helm, dann zogen er und seine Leute ab. Zurück blieben die Baufahrzeuge, die das Stone Inn belagerten wie Kriegsmaschinen eine mittelalterliche Burg.

„U…und jetzt?", fragte Melody ihre Oma. Was in der Schule passiert war, kam ihr plötzlich völlig unwichtig vor. „Was soll nun werden, Granny?"

Granny Fay antwortete nicht sofort.

Sie stand nur da mit verkniffener Miene und starrte auf die Maschinen. „Jetzt", sagte sie schließlich, „wird es ernst, mein Kind. Wenn die Bank uns nicht hilft, ist es vorbei."

Am Steinkreis

Nach allem, was geschehen war, hatte Melody eigentlich gar keine Lust mehr, dem Geheimnis des Rings nachzuspüren. Es kam ihr plötzlich ganz unwichtig vor.

Aber zum einen würde Roddy zur verabredeten Zeit am Treffpunkt warten. Und zum anderen war dies womöglich ihre letzte Möglichkeit, das Rätsel zu ergründen; war das Stone Inn erst verkauft und mussten ihre Oma und sie woanders hinziehen, war die Chance vielleicht vertan.

Es dauerte lange, bis Granny Fay an diesem Abend eingeschlafen war. Melody konnte hören, wie sie sich ruhelos in ihrem Bett hin- und herwarf. Irgendwann jedoch kündeten gleichmäßige, leise schnarchende Atemzüge davon, dass der Schlaf die alte Dame überwältigt hatte. Leise stand Melody auf, zog sich wieder an und kletterte aus dem Fenster. Über das Regenrohr gelangte sie auf das Dach des kleinen Anbaus, in dem Granny Fays Auto stand – ein uralter VW-Käfer – und von dort hinab auf den Boden. Rasch schnappte sie sich ihr Fahrrad und fuhr damit zum vereinbarten Treffpunkt, der alten Bushaltestelle oberhalb der Hauptstraße. Sie war ohnehin schon ziemlich spät dran. Erst zehn Minuten nach Mitternacht kam sie schließlich an der Haltestelle an, wo Roddy sie schon erwartete.

„Da bist du ja endlich", plapperte er aufgeregt und mit bebender Brille. „Ich dachte schon …"

„Ich musste warten, bis Granny eingeschlafen war", sagte Melody. „Das hat heute ein bisschen gedauert."

„Kann ich mir vorstellen. Die ganze Stadt spricht davon, dass McLusky die Bagger hat auffahren lassen."

„Ja", bestätigte Melody bitter. „Diesmal macht er Ernst."

Roddy ballte die Fäuste. „Dieser schmierige, elende Halsabschneider. Am liebsten würde ich ihm …"

„Schon gut", fiel Melody ihm ins Wort und lächelte schwach. „Danke. Dafür, dass du gekommen bist, meine ich."

„Schon klar." Er grinste ebenfalls. „Ist mit dir alles in Ordnung? Du bist heute in der Schule so schnell verschwunden."

„Der Appetit auf Spaghetti ist mir vergangen", meinte Melody achselzuckend.

„Kann ich gut verstehen." Roddy nickte. „Und du bist immer noch sicher, dass wir das tun sollten?", fragte er dann.

„Schon." Ganz so sicher wie noch am Mittag war sie sich allerdings nicht mehr.

„Hast du den Ring dabei?"

Melody nickte und holte ihn aus der Hosentasche.

„Er leuchtet aber gar nicht." Roddy klang fast ein bisschen erleichtert.

„Nein", gab Melody zu. „Heute Nacht noch nicht."

„Und die fremde Stimme hast du auch nicht gehört?"

„Nein. Aber vielleicht ruft sie nur im Traum nach mir. Und heute habe ich ja noch nicht geschlafen." Sie steckte sich den Ring an. „Lass uns einfach nachsehen, okay? Dann gebe ich Ruhe. Ehrenwort."

„Okay", meinte Roddy achselzuckend.

Sie fuhren los, noch ein Stück die Straße hinab und dann den Schotterweg hinauf, der in die Hügel führte. Solange der Weg es zuließ, traten sie noch in die Pedale, dann wurde es so steinig, dass sie absteigen und schieben mussten.

Zu regnen hatte es schon am Abend aufgehört, jetzt waren die Wolken sogar ein wenig aufgerissen, sodass der Schein des Mondes die Hügel in blaues Licht tauchte. In den Senken lag Nebel, der unter ihre Jacken kroch und sie frösteln ließ.

„Ungemütlich", meinte Roddy.

„Ziemlich", gab Melody zu und fragte sich, was sie hier eigentlich tat. Vielleicht hatte Roddy ja Recht. Es war eine dämliche Idee, bei Nacht und Nebel hier herumzuschleichen, statt zu Hause im warmen Bett zu liegen.

„Melody!"

Roddys aufgeregte Stimme riss sie aus ihren Gedanken. Er war stehen geblieben und starrte mit offenem Mund auf ihre Hand. Der Ring hatte wieder zu leuchten begonnen, in demselben hellen Blau wie in der Nacht zuvor! Und als Melody geradeaus über die Hügel blickte, meinte sie auch dort wieder ein fahles Leuchten auszumachen.

„Siehst du das auch?", erkundigte sie sich zur Sicherheit.

„Und ob", bestätigte Roddy mit vor Aufregung bebender Stimme. „Obwohl ich es kaum glauben kann."

Sie gingen weiter. Dabei schien der Ring immer stärker zu strahlen, während das Licht über dem Hügelgrat schwächer wurde, so als würde der Stein des Rings die Energie in sich aufnehmen.

„Unheimlich", flüsterte Roddy.

„Ziemlich", stimmte Melody zu – und konnte doch nicht anders als weiterzugehen.

Sie erreichten den Hügelgrat. Hinter ihnen lagen die Küstenstraße und das Meer, dessen Wellen das Mondlicht brachen; vor ihnen erstreckte sich eine weite Senke, auf deren anderer Seite dunkler Wald und grauer Himmel nahtlos ineinander übergingen. Inmitten der Senke befand sich die Keltenruine, eine Ansammlung von großen Steinblöcken, die in grauer Vorzeit hierhergeschafft und zu einem Kreis angeordnet worden waren.

Er war längst nicht so groß und so beeindruckend wie der von Stonehenge, der deshalb auch sehr viel berühmter war; und es standen auch nicht mehr alle Steine aufrecht. Dennoch kamen immer mal wieder Touristen, um das rund dreitausend Jahre alte Bauwerk zu bestaunen. Die meisten hatten früher im Stone Inn gewohnt; heute übernachteten sie in Buford McLuskys Hotels.

Melody warf Roddy einen Blick zu. „Bereit?"

„Ich weiß nicht." Er schnitt eine Grimasse. „Die Sache gefällt mir nach wie vor nicht."

„Wieso nicht? Wovor hast du Angst?"

„Ich hab keine Angst."

„Dann komm", raunte Melody ihm zu und ging den Hügel hinab auf den Steinkreis zu. Ihr Fahrrad ließ sie oben zurück, anders als Roddy, der seines weiterschob und sich förmlich daran festklammerte.

Je näher sie dem Monument kamen, desto greller wurde das Leuchten des Rings.

„Was hat das zu bedeuten?", fragte Roddy.

„Ich weiß es nicht. Aber wir sind hier wohl richtig", sagte Melody, als sie in den Kreis trat.

Das blaue Licht des Rings ließ an den jahrtausendealten Steinen fremdartige Zeichen hervortreten, die ein bisschen wie die Runen aussahen, die Melody aus Mr Clues Büchern kannte: längliche Schriftzeichen mit Haken und Fähnchen daran, aber auch mit geheimnisvoll gewundenen Schnörkeln.

„Ich werd verrückt", kommentierte Roddy staunend.

„Unglaublich", stimmte Melody zu. Beide waren schon oft hier gewesen – zuletzt erst vor einigen Wochen mit der Kunstklasse von Mrs Gulch. Aber diese Symbole waren ihnen noch nie aufgefallen. Vielleicht waren sie vorher ja auch noch gar nicht da gewesen ...

„Womöglich liegt es am Mondlicht", sagte Roddy.

„Oder eben an dem Ring. Vielleicht macht er die Zeichen erst sichtbar", gab Melody zu bedenken. Langsam und ehrfürchtig trat sie in die Mitte des Kreises. Dabei konnte man deutlich sehen, dass das Leuchten sowohl des Rings als auch der Symbole noch stärker wurde.

„Mein Vater hat mir mal erzählt, dass hier früher Rituale abgehalten wurden", berichtete Roddy, dessen Brille schon wieder bebte. „Vielleicht hat das ja was damit zu tun."

„Wer weiß!" Melody hatte die andere Seite des Steinkreises erreicht; das Leuchten hatte abgenommen. Als sie zur Mitte zurückging, wurde es wieder stärker.

„Das ist echt verrückt", meinte Roddy, der noch immer am Rand stand und sich nicht recht überwinden konnte, die alte Stätte zu betreten. „Weißt du, woran mich das erinnert?"

Melody guckte ihn fragend an.

„An ein Suchgerät", sagte Roddy. „Nur halt mit Licht statt mit Lauten."

„Du meinst …?"

„Klar, je näher du dran bist, desto heller leuchtet es."

„Hm", machte Melody. Der Gedanke verdiente eine Überprüfung. Sie ging einige Schritte und verließ die Mitte des Kreises – das Leuchten nahm ab. Als sie sich in die entgegengesetzte Richtung wandte, nahm es wieder zu. Und nicht nur das …

„Äh, Melody?"

Melody fuhr herum. Wenn Roddy vorher schon nervös geklungen hatte, war seine Stimme jetzt geradezu ängstlich. „Was ist?"

„D…die Erde", sagte der Junge und deutete nach unten.

Melody blickte hinab und erschrak. Auch der Boden unter ihren Füßen leuchtete!

Überall begann es zu glitzern und zu glimmen, ein fremdartiges Muster, das sich über den gesamten Steinkreis erstreckte. Auch an der Stelle, wo Melody gerade stand, begann es zu leuchten. Eingeschüchtert wich sie an den Rand der Ruine zurück. Von dort aus sahen sie und Roddy zu, wie sich das Muster auf dem Boden weiter ausbreitete, so als würde es von unsichtbarer Hand gezeichnet. Ganz allmählich vervollständigte es sich, und jäh begriffen die beiden Freunde, was sie da vor sich hatten.

„D…das ist kein Muster", entfuhr es Roddy erschrocken.

„Nein", stimmte Melody atemlos zu. „Das ist ein Skelett."

Es gab keinen Zweifel.

Was dort am Boden leuchtete, waren die Umrisse eines Schädels und vieler Knochen. Eines ziemlich großen Schädels allerdings und ziemlich großer Knochen …

„Ein Dinosaurier", rief Roddy aufgeregt.

„Dieser Ort wurde von Wissenschaftlern schon oft untersucht", wusste Melody. „Erst im letzten Jahr waren wieder welche da. Wenn hier Dino-Knochen im Boden lägen, hätten sie die bestimmt gefunden."

„Was hat das dann zu bedeuten?"

„Weiß ich nicht. Aber das Leuchten wird stärker, wenn ich in diese Richtung gehe; und es nimmt ab, wenn ich die andere einschlage. Es scheint tatsächlich eine Art Wegweiser zu sein."

„Ach ja?" Roddy lächelte säuerlich. Es war ihm anzusehen, dass er lieber falsch vermutet hätte.

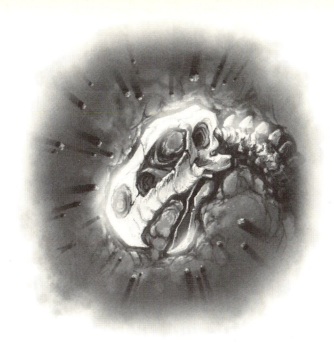

Melody ließ sich auf den Boden nieder, führte die Hand mit dem Ring ganz nah an den leuchtenden Umrissen entlang. Es dauerte nicht lange, bis sie den Punkt gefunden hatte, an dem das Leuchten am stärksten war.

„Hier", sagte sie und markierte die Stelle mit einem Stückchen Holz, das sie in den Boden steckte.

„Was ist dort?"

„Hier müssen wir graben", verkündete Melody entschlossen.

„Graben", wiederholte Roddy wie ein Echo.

„Genau. Hast du eine Schaufel dabei?"

„Nö", behauptete Roddy.

„Komm schon, tu nicht so. Ich weiß doch, dass du eine in der Satteltasche hast."

Einen Moment lang stand der Junge nur da. Dann klappte er murrend den Ständer von seinem Fahrrad aus und kramte in einer der beiden Satteltaschen. Schließlich förderte er einen Klappspaten zutage, wie man ihn beim Militär benutzte. Roddys Onkel war bei der Armee und hatte ihm das Ding vor ein paar Jahren mitgebracht.

Widerstrebend klappte Roddy das Werkzeug auseinander, dann trat er zu Melody in den Steinkreis.

„Na schön", knurrte er. „Aber nicht zu tief. Und auch nur dir zuliebe."

„Schon gut." Sie nickte ihm aufmunternd zu und er stieß den Spaten in den Boden. Das Erdreich war vom Regen durchfeuchtet und ganz weich. Trotzdem stand Roddy schon nach wenigen Schaufeln der Schweiß auf der Stirn. Seine Brille beschlug, er blies Dampfwolken in die kalte Nachtluft.

„Ganz schön anstrengend", ereiferte er sich halblaut. „Wenn ich daran denke, dass ich jetzt im Bett liegen und von einem riesengroßen Cheeseburger träumen könnte, dann …" Plötzlich hielt er inne.

„Was ist?", wollte Melody wissen.

„Ich glaube, ich bin auf etwas gestoßen."

Sie sahen einander an.

„Los", forderte Melody und Roddy grub weiter. Jetzt hatte die Neugier auch ihn gepackt. Ein ums andere Mal versenkte er den Spaten und hob Erdreich aus. Dann legte er sich auf den Bauch und griff so tief in das Loch, dass sein Arm fast bis zur Schulter darin verschwand. Seine Miene verzog sich vor Anstrengung, während er an etwas zu zerren schien, was sich kurz darauf mit einem schmatzenden Geräusch löste. Gleichzeitig wurde das Leuchten so stark, dass die Freunde davon geblendet wurden.

Für einen Augenblick konnten sie gar nichts mehr erkennen, so als zuckten Blitze um den Steinkreis. Im nächsten Moment aber war der Spuk vorbei. Schlagartig fiel die Ruine wieder in derartige Dunkelheit, dass Melodys und Roddys Augen sich erst wieder daran gewöhnen mussten. Dann konnten sie betrachten, was Roddy aus der dunklen Tiefe emporgeholt hatte und jetzt vor ihnen auf dem Boden lag.

„Wow!", machte Roddy. „Was ist das denn?"

„Sieht aus wie ein Ei", stellte Melody fest und berührte das Gebilde, das tatsächlich in etwa Form und Größe eines Gänseeis hatte. Es war ganz kalt und komplett versteinert. Vorsichtig nahm Melody es in die Hand, um es zu betrachten.

„Wahrscheinlich ein Dino-Ei", meinte Roddy mit fachmännischem Blick. „Aber ziemlich gut erhalten.

Vielleicht zahlt das Inselmuseum ein paar Pfund dafür."

„Und das Leuchten?", fragte Melody, die das Gebilde drehte und von allen Seiten musterte. „Das glaubst du doch selbst nicht, dass das ein Dino-Ei ist. Es fühlt sich ganz leicht an. Viel leichter, als es aussieht."

„Dann sei lieber vorsichtig."

„Wieso?", fragte Melody.

„Vielleicht ist es gefährlich."

„Wie denn?"

„Also, einmal bin ich nachts heimlich aufgeblieben und hab vor der Glotze gesessen. Da kam ein Film, in dem fing auch alles ganz harmlos mit einem Ei an. Und am Ende war ein außerirdisches Wesen drin, das alle aufgefressen hat. Na ja, fast alle jedenfalls."

„Du fürchtest, hier könnte ein Außerirdischer drin stecken?" Melody rümpfte die Nase. „Also, echt jetzt."

„Ich mein ja nur. Wir wissen ja nicht, was das ist."

„Stimmt – deshalb werde ich es einstecken und mit nach Hause nehmen."

„Was?"

„Na klar", erklärte Melody. „Oder glaubst du, ich buddle das Ei wieder ein, nachdem wir es gefunden haben? Vielleicht ist es ja wirklich was wert. Granny und ich könnten momentan gut etwas Geld gebrauchen."

„Darf man so was überhaupt behalten?"

„Warum nicht? Das hier ist Gemeinland, und es war mein Ring, der uns hergeführt hat – also gehört das Ei mir."

„Na schön." Roddy zuckte mit den breiten Schultern und gähnte. „Schütten wir das Loch wieder zu. Ich werde sowieso langsam müde."

„Ich auch", gab Melody zu. „Morgen werden wir dann sehen, was weiter mit dem Ei geschieht."

Ei!

Der nächste Schultag verging mit quälender Langsamkeit. Nicht nur, weil Melody hundemüde war. Sondern vor allem, weil sie es nicht erwarten konnte, wieder nach Hause zu kommen und nach ihrem geheimnisvollen Fund zu sehen.

Warum das so war, wusste sie selbst nicht recht zu sagen. Schließlich war es nur ein Ei aus Stein, das Roddy und sie ausgebuddelt hatten. Aber irgendetwas daran war besonders, und das nicht nur, weil das Leuchten des Rings Melody zu diesem Schatz geführt hatte. Melody fühlte sich ihrem Fund auf eine rätselhafte Weise verbunden, auch wenn sie sich immer wieder sagte, dass das Blödsinn war.

Seltsamerweise ließ Ashley sie an diesem Tag in Ruhe. Das blonde Gift und seine Truppe grinsten hämisch, und Pom Pom legte noch ein fieses Knurren drauf, aber sonst blieb alles ruhig. Den Grund dafür erfuhr Melody, als sie am Nachmittag nach Hause kam.

Zusätzlich zu den Baumaschinen, die das Stone Inn belagerten, war ein weiteres Fahrzeug auf dem Vorplatz aufgefahren – ein schwarzer Rolls-Royce, dessen Besitzer Melody nur zu gut kannte: Buford McLusky.

Ashleys Vater.

Was in aller Welt hatte der Kerl hier zu suchen?

Hastig stellte Melody ihr Fahrrad ab und eilte ins Haus. Sie brauchte nicht lange zu suchen: Granny Fay stand hinter dem Empfangstresen der Pension und war kreidebleich; McLusky hatte sich breitbeinig und mit im Rücken verschränkten Armen vor ihr aufgebaut und grinste übers ganze Gesicht, aalglatter Geschäftsmann durch und durch.

Die Ähnlichkeit zu seiner Tochter war verblüffend: das gleiche unfreundliche Gesicht, der gleiche verächtlich verzogene Mund, die gleichen kalten Augen. Er hatte glattes schwarzes Haar und trug einen teuren Kaschmirmantel mit Pelzkragen, für den eine arme Robbe ihr Leben hatte lassen müssen. „Haben Sie mich jetzt verstanden, Mrs Campbell?", fragte er, als Melody hinzutrat.

„Melody!", rief Granny Fay, sichtlich erleichtert über die Unterbrechung. Melody gesellte sich zu ihr hinter den Tresen und Granny Fay drückte sie fest.

„Schau an", stieß McLusky hämisch hervor. „Ist das nicht Joe Campbells Tochter? Du bist aber groß geworden, Schätzchen."

„Ich bin nicht Ihr Schätzchen", stellte Melody klar.

„In welche Klasse gehst du denn?"

„In dieselbe wie Ihre Tochter."

„Tatsächlich?" Befremdet hob McLusky eine Augenbraue. „Seltsam, sie hat noch nie etwas von dir erzählt."

„Das ist wirklich seltsam", sagte Melody, „denn sie verbringt ziemlich viel Zeit mit mir." Und das ist noch nicht mal gelogen, fügte sie in Gedanken hinzu.

„Tatsächlich?" Auch die andere Augenbraue ging nach oben. „Nun, wie ich schon sagte, Mrs Campbell", McLusky wandte sich wieder Melodys Großmutter zu, „meine Geduld ist zu Ende. Sie wissen, dass die nächste Zahlung in wenigen Tagen fällig wird. Und wie ich gehört habe, hat die Bank Ihren Antrag auf einen Kredit endgültig abgelehnt."

„Ist das wahr?" Melody drehte sich erschrocken zu ihrer Oma um.

„Leider ja", erwiderte Granny Fay tonlos. „Der Brief kam heute Vormittag. Wie seltsam, dass Mr McLusky schon davon weiß."

„Ich habe eben meine Quellen", erwiderte McLusky selbstgefällig.

„Also stecken Sie dahinter?", fragte Granny Fay. „Sie haben persönlich dafür gesorgt, dass die Bank uns keinen Kredit mehr gewährt. Haben Sie eigentlich gar keinen Anstand? Wie viel haben Sie denen gezahlt?"

„Das ist eine böswillige Unterstellung", wehrte McLusky ab, obwohl seinem Grinsen anzusehen war, dass Granny Fay nur zu Recht hatte. „Ich rate Ihnen, etwas vorsichtiger zu sein mit Ihren Vermutungen. Wir wollen doch nicht, dass diese Unterhaltung vor Gericht endet, oder?"

„Sicher nicht", schnaubte Granny Fay. Ihre Miene war puterrot, ihr Dutt war in Unordnung geraten. Selten zuvor hatte Melody ihre Oma so wütend erlebt. „Denn es würde von Anfang an feststehen, wer von uns beiden gewinnt, nicht wahr?"

„Noch so eine Unterstellung", erwiderte McLusky tadelnd.

„Das ist keine Unterstellung, sondern meine Meinung", verbesserte ihn Granny Fay, „und die werde ich in meinem eigenen Haus ja wohl noch sagen dürfen."

„Ihr Haus, richtig." Voller Geringschätzung blickte sich McLusky in der Eingangshalle um. „Fragt sich nur, wie lange noch. Sollten Sie die Summe bis zum Wochenende nicht begleichen können, geht dieses Grundstück mit allem, was sich darauf befindet, in meinen Besitz über."

„Aber das sind nur noch vier Tage!", rief Melody.

„So ist es." McLusky grinste.

„Natürlich", zischte Granny Fay. „Dann haben Sie endlich, was Sie wollten, nicht wahr? Das Stone Inn war Ihnen doch schon immer ein Dorn im Auge!"

„Gute Frau", meinte McLusky herablassend, „ich glaube, Sie schätzen die Dinge falsch ein. Das Stone Inn ist am Ende, genau wie Sie. Statt mich zu beschimpfen, sollten Sie mir dankbar dafür sein, dass ich Ihnen diese Bruchbude abkaufe."

„Das Stone Inn ist keine Bruchbude!", ereiferte sich Melody. „Hier haben schon Fürsten genächtigt! Fragen Sie meine Oma!"

„Oh, ich bin sicher, dass deine Großmutter jede Menge Geschichten zu erzählen weiß, Schätzchen", versicherte McLusky, „das kann sie bestimmt ganz hervorragend. Die gute Nachricht ist, dass sie dafür schon bald jede Menge Zeit haben wird." Damit griff er in die Innentasche seines Mantels und beförderte ein Kuvert zutage, das er auf den Tresen legte.

„Was ist das?", wollte Granny Fay wissen.

„Die Abtretungsurkunde", erwiderte McLusky kalt. „Wenn Sie die nächste Rate von fünftausendachthundert Pfund nicht bis Samstag begleichen, geht das Haus in meinen Besitz über. Von da an haben Sie und Ihre Enkelin noch drei Tage Zeit, das Gebäude zu räumen."

„Was?", platzte Melody heraus.

„Das können Sie nicht machen!", ächzte ihre Großmutter.

„Ich kann und ich werde", versicherte McLusky grinsend. „Schließlich stehen draußen schon die Baufahrzeuge, und jeder Tag, an dem sie nichts zu tun bekommen, kostet mich ein kleines Vermögen. Das wollen wir doch nicht, oder?"

„Aber wo sollen wir denn hin?"

„Das ist Ihre Sache. Schließlich hatten Sie lange genug Zeit, sich darum zu kümmern."

„I...ich habe meine ganze Zeit darauf verwendet, bei der Bank einen Kredit zu bekommen", erwiderte Granny Fay stammelnd. In ihren gütigen Augen glänzte es feucht.

„Tja", meinte McLusky und schnitt eine Grimasse, „das ist wohl vergeblich gewesen, nicht wahr? Und jetzt müssen die Damen mich entschuldigen, ich habe wichtigere Geschäfte zu erledigen als dieses hier. Guten Tag."

Er tippte sich zum Abschied an die Schläfe und grinste – es war dasselbe fiese Grinsen, das auch Ashley an den Tag zu legen pflegte, wenn sie Melody mal wieder übel mitgespielt hatte. Das und die Tatsache, dass Granny Fay in diesem Moment zu weinen anfing, machte Melody wütend. Furchtbar wütend ...

„Sie elendes Scheusal!", hörte sie sich selbst rufen, aber McLusky kümmerte sich gar nicht darum. Im nächsten Moment war er schon zur Tür hinaus, und durch das Fenster war zu sehen, wie der schwarze Rolls-Royce wieder davonfuhr.

Granny Fay hatte ein Taschentuch aus ihrer Schürze gezogen und weinte ungehemmt. In den vergangenen Wochen und Monaten hatte sie alles dafür getan, dass das Stone Inn erhalten blieb –, aber McLusky hatte ihr alle Hoffnung genommen.

Melody konnte nicht anders, als ihre Großmutter in den Arm zu nehmen. Nach dem Tod ihrer Eltern hatte Granny Fay Melody bei sich aufgenommen und war in all den Jahren immer für sie da gewesen. Jetzt musste Melody einmal für sie da sein.

„Es tut mir leid, Kindchen", schluchzte Granny immer wieder. „Es tut mir furchtbar leid."

„Ist schon gut, Granny", sprach Melody beruhigend auf sie ein, „es wird alles wieder gut." Auch wenn sie selbst nicht recht daran glaubte.

Ohne das Stone Inn standen sie auf der Straße und hatten nichts mehr. Vielleicht, dachte Melody bitter, würden sie von der Insel wegziehen müssen. Dann würde nicht nur McLusky, sondern auch Ashley bekommen, was sie wollte.

Irgendwann versiegten Grannys Tränen. Noch einmal schnäuzte sie sich, dann steckte sie das Taschentuch mit einer resoluten Geste in die Schürze zurück. „Tränen haben noch nie etwas besser gemacht", sagte sie.

„Schaffst du's?", fragte Melody besorgt.

„Natürlich. Ich gehe jetzt in die Küche und mache

uns etwas zu essen. Und du hast sicher noch Hausaufgaben zu erledigen."

„Ein paar", gab Melody zu und verzog das Gesicht. „Mathe."

„Dann los." Granny Fay nickte ihr tapfer zu. „Das Leben endet ja schließlich nicht, nur weil wir das Stone Inn verlieren."

Melody bezweifelte, dass sie das tatsächlich so meinte, aber sie ging nach oben in ihr Zimmer. Mit einem gekonnten Wurf beförderte sie die Schultasche auf den Schreibtisch, um die verhassten Rechenaufgaben zu erledigen, als ihr Blick auf das Wandregal fiel.

Das Ei! In der Aufregung hatte Melody es glatt vergessen. Sie stürzte zum Regal, um einen Blick auf das geheimnisvolle Fundstück zu werfen. Aber es war nicht mehr da.

„Das gibt's doch nicht!" Melody erinnerte sich ganz genau, das steinerne Ei ins mittlere Fach gelegt zu haben, zwischen andere Versteinerungen und Muscheln, die sie am Strand aufgelesen hatte. Ihr Blick fiel auf die seltsamen Scherben, die zwischen den Fundstücken lagen, gewölbte Stücke wie von einer großen steinernen Muschel, die zerbrochen war. Und plötzlich begriff sie.

Das Ei war gar nicht versteinert gewesen! Dies hier waren die Schalen – und was immer sich im Inneren des Eis befunden hatte, war geschlüpft!

Melody war so überrascht, dass sie gar nicht weiterdachte. Betroffen starrte sie auf die Überreste des Eis, in dem sich eine Flüssigkeit befunden zu haben schien: Das Holz des Regals war feucht, eine klebrige Substanz überzog die Innenseite der Scherben, die bläulich schimmerte. Dann erst entdeckte Melody die winzigen Spuren, die quer über das Holz führten: Was immer sich in dem Ei befunden hatte, musste sich hier in ihrem Zimmer verstecken.

Nervös schaute sie sich um. Das Fenster war geschlossen.

Es hatte also nicht entkommen können!

Sie musste an das denken, was Roddy über Aliens gesagt hatte, und beschloss, sich zu bewaffnen. Das Erste, was sie in die Finger bekam, war ein langes Lineal –

nicht gerade eine Superwaffe, aber besser als nichts. Im Jux hatten Roddy und sie sich schon manchmal damit auf die Finger gehauen, und das hatte immerhin ganz schön wehgetan.

Das Lineal in der Hand, begann Melody, ihr Zimmer abzusuchen. Zuerst die anderen Regale, dann den Schreibtisch und den Papierkorb – erfolglos. Als Nächstes sah sie unter dem Bett nach, wo es so dunkel war, dass sie eine Taschenlampe zu Hilfe nehmen musste. Aber außer Staub und ein paar Murmeln, die sie vor Jahren mal verloren hatte, fand sie nichts.

Sie hatte sich gerade wieder aufgerichtet, als sie das Geräusch hörte. Ein leises Scharren hinter ihr. Gefolgt von einem dünnen Fiepen.

Melody fuhr herum. In der Ecke stand ihr altes Puppenhaus, ziemlich verstaubt, weil sie schon ewig nicht mehr damit spielte, und ähnlich renovierungsbedürftig wie das Stone Inn. Der einzige Grund, weshalb Melody es nicht längst in den Keller geräumt hatte, war der, dass es einst ihrer Mom gehört hatte und eines der wenigen Dinge war, die ihr von ihrer Mutter geblieben waren. Und genau von dort schienen die seltsamen Laute zu kommen ...

Vorsichtig setzte Melody einen Fuß vor den anderen, pirschte sich an das Puppenhaus heran. Jetzt glaubte sie auch, eine Bewegung wahrzunehmen, oben im ersten Stock, wo das Schlafzimmer war.

Instinktiv hob sie die Hand mit dem Lineal. Ihr Herz klopfte heftig, sie hielt den Atem an. Ganz langsam beugte sie sich vor, um von oben in das Puppenhaus zu spähen.

Und endlich sah sie es.

Viele Fragen ...

„Gut, dass du da bist."

Melody war erleichtert, als Roddy an das Fenster ihres Zimmers klopfte. Wie immer wenn sie sich abends noch heimlich trafen, war er über das Dach des Anbaus heraufgeklettert. Was gar nicht so einfach gewesen war in Anbetracht des Gepäcks, das er mitschleppte. Rasch öffnete Melody das Fenster und ließ ihn herein.

„Ich bin so schnell gekommen, wie ich konnte", japste er atemlos und sprang von der Fensterbank, eine große gelbe Sporttasche hinter sich herschleifend. „Wozu brauchst du denn das ganze Zeug?"

„Wirst du gleich sehen", meinte Melody und schloss das Fenster rasch wieder. „Hast du alles?"

„Glaub schon", meinte Roddy atemlos. Er stellte die Tasche auf den Boden und zog den Reißverschluss auf.

Ein Vogelkäfig kam zum Vorschein sowie eine Papiertüte, die die Aufschrift *MacDonald's Petshop* trug – der Laden seiner Eltern. „Diesen Käfig wollte mein Vater wegwerfen, deshalb kostet er nichts", berichtete der Junge stolz. „Und das Vogelfutter in der Tüte hab ich geschenkt bekommen. Ich hab gesagt, dass ich's für die Tombola beim Schulfest brauche."

„Danke." Melody nahm den Käfig und das Futter entgegen und stellte beides auf den Schreibtisch.

„Mensch, Mel", machte Roddy seiner Verblüffung Luft. „Die ganze Stadt redet davon, dass ihr das Stone Inn nächste Woche räumen müsst, und du rufst mich an und bestellst einen Käfig und Vogelfutter. Was ist eigentlich los? Ist dir ein Wellensittich zugeflogen oder was?"

„Etwas in der Art", sagte Melody. „Wobei, ,Wellensittich' trifft es nicht so ganz."

„Was ist es dann?", wollte Roddy wissen. „Etwa ein Papageientaucher? Dann brauchen wir einen größeren Käfig!"

„Nein, nein, der hier genügt vollkommen", versicherte Melody. „Es ist nur …" Sie zögerte. „Wenn ich es dir zeige, versprichst du, niemandem was davon zu sagen?"

„Ich schwör's." Ohne Zögern hob Roddy die Hand.

„Auch nicht deinen Eltern? Und auch sonst niemandem?", hakte Melody nach.

„Ehrenwort", bekräftigte Roddy und rollte mit den Augen. „Nun sag schon, was los ist."

„Erinnerst du dich an das Ei?"

„Du meinst die Versteinerung?"

„Genau." Melody nickte. „Bloß, dass es keine Versteinerung war, sondern ein richtiges Ei. Und als ich heute Mittag aus der Schule nach Hause kam, war es kaputt."

„Kaputt? Ist es runtergefallen?"

„Das nicht, sondern …"

Roddy sog scharf die Luft ein. „Sag nicht, da ist was rausgekommen!"

„Ich fürchte doch." Melody glaubte zu sehen, wie sich Roddys Haare sträubten.

„I…ist es ein Dinosaurier?", fragte er.

Melody griff nach der Schuhschachtel, die auf ihrem Bett lag. In den Deckel hatte sie Luftlöcher gestochen und dann alles mit einem Strick zugebunden. „Besser", sagte sie lächelnd und öffnete den Knoten der Kordel. Langsam, ganz langsam hob sie den Deckel an.

Roddy pfiff wie ein Ballon, dem die Luft entwich. „Das gibt's doch nicht!"

Was dort in der hintersten Ecke des mit Moos und Gras ausgepolsterten Kartons kauerte, war zwar ein mit braunem Federflaum besetztes Küken, das große Kulleraugen, einen winzig kleinen Schnabel und kurze Flügel hatte – aber auch einen langen Schwanz und vier

Beine! Unsicher stakste es umher und gab dabei putzige Krächzlaute von sich.

„Ich werd verrückt", flüsterte Roddy. „Was ist das?"

„Weiß ich nicht", gestand Melody, die vorsichtig ihren Finger auf das Küken zubewegte und es sanft am Rücken streichelte. Das kleine Wesen dankte es ihr mit wohligem Gurren und einem Blick aus seinen unergründlichen Augen, die fast etwas Menschliches hatten.

„Eins steht fest: Normal ist das nicht", war alles, was Roddy dazu einfiel. „So einen seltsamen Vogel hab ich noch nie gesehen, ehrlich. Und wir hatten schon viel seltsames Viehzeug bei uns im Laden, das kannst du mir glauben. Klapperschlangen, siamesische Zwillingskatzen, sogar ein sprechender Papagei war mal dabei."

„Das ist kein Viehzeug", verbesserte Melody, die dem Küken jetzt ihren Finger hinhielt, damit es daran knabbern konnte. „Der kleine Kerl ist einfach nur süß."

„Woher weißt du, dass es ein Männchen ist?"

„Keine Ahnung." Sie zuckte mit den Schultern. „Ich weiß es einfach. Irgendwie ... Aua!" Im Reflex zog sie den Finger zurück; der kleine Schnabel hatte etwas zu fest zugebissen.

„Appetit scheint er zu haben", stellte Roddy grinsend fest.

„Ja, deshalb hab ich dich gebeten, was mitzubringen." Melody rieb ihren schmerzenden Finger. Dann ging sie zum Regal und holte eine kleine Schüssel, die sie mit Vogelfutter füllte, und stellte sie in die Schachtel.

Mit kleinen, unsicheren Schritten trippelte das Küken zu der Schüssel und beäugte den Inhalt. Dann streckte es den Kopf vor und sah dabei aus wie ein winzig kleiner Hund, der Witterung aufnahm.

„Komm schon", forderte Melody es mit leiser Stimme auf. „Friss schon, Kleiner."

Das Küken öffnete den Schnabel und pickte ein, zwei Körner heraus, um sie schon im nächsten Moment wieder auszuspucken. Der Blick, den es Melody zuwarf, war unverhohlen vorwurfsvoll.

„Schmeckt ihm wohl nicht", meinte Roddy.

„Seltsam." Melody legte den Kopf schief. „Du musst etwas essen, weißt du? Sonst kannst du nicht wachsen."

„Vielleicht sollten wir es mal mit Fischfutter versuchen", schlug Roddy vor.

„Ehrlich gesagt sieht er mir nicht so aus, als würde er getrocknete Flöhe mögen", meinte Melody und verzog das Gesicht. „Aber du hast Recht. Wir müssen unbedingt mehr über ihn herausfinden. Wir wissen ja noch nicht mal, was er eigentlich ist."

„Ich könnte meinen Vater fragen", schlug Roddy vor. „Der kennt sich ganz gut mit Kleintieren aus.

Aber um ehrlich zu sein, ich glaube nicht, dass er so was schon mal gesehen hat. Wie wär's mit Mr Freefiddle?"

„Unserem Biolehrer?" Melody blickte ihn zweifelnd an.

„Warum nicht? Er kennt alle Pflanzen und Tiere hier auf der Insel."

„Schon", stimmte Melody zu, „allerdings glaube ich nicht, dass dieser kleine Kerl von unserer Insel stammt. Außerdem ist Freefiddle ein furchtbarer Wichtigtuer. Der würde sofort zum Telefon greifen und der Presse von seinem tollen Fund erzählen – und wir wären raus."

„Könnte passieren", gab Roddy zu. „Was ist mit deiner Oma? Die weiß doch auch ziemlich viel."

„Granny hat schon genug um die Ohren. Es muss jemand sein, dem wir vertrauen können", überlegte Melody. „Jemand, der viel weiß, aber ein Geheimnis für sich behalten kann ... Natürlich!" Sie schnippte mit den Fingern. „Ich hab's!"

„Ja? Wer denn?"

„Mr Clue", eröffnete Melody. „Schließlich hat er mir den Ring geschenkt."

„O...okay", erklärte sich Roddy ein wenig zögernd einverstanden; anders als Melody mochte er den Kuriositätenladen nicht besonders. Er war ihm unheimlich und sein Besitzer noch mehr. Der alte Mann hatte etwas an sich, was Roddy beunruhigte; ob es an seinem ungewöhnlichen Aussehen lag, an den Geschichten, die man über ihn erzählte, oder an all den wundersamen Dingen, die Mr Clue in seinem Laden hatte, wusste Roddy dabei selbst nicht zu sagen.

„Gleich morgen Mittag gehen wir zu ihm", beschloss Melody. „Vielleicht kann er uns sagen, was es mit diesem kleinen Piepmatz auf sich ... Aua!", rief sie, als dieser sie erneut in den Finger pickte.

Roddy musste lachen. „Er scheint es nicht zu mögen, wenn du ihn so nennst."

„Ich werd schon noch einen Namen für dich finden, du kleiner Racker", meinte Melody und schüttelte ihren Finger, um den Schmerz zu vertreiben. „Bis dahin stecke ich dich aber erst mal in den Käfig, hörst du?"

Roddy trug den Käfig herüber, der rund war wie ein kleines Fass und oben spitz zulief. Roddy machte die kleine Käfigtür auf, griff hinein und entfernte die hölzernen Sitzstangen. Dafür gab er etwas von dem Moos in den Käfig und baute daraus eine kleine Höhle.

„So", meinte er dann. „Das könnte ihm gefallen."

„Jetzt nicht picken, hörst du?", sagte Melody zu dem Küken und schickte sich an, es in die Hände zu nehmen. Das Tier legte den Kopf schief und sah sie an. Melody erstarrte.

„Was ist?", wollte Roddy wissen.

„Das ... das ist komisch", sagte sie. „Eben kam es mir so vor, als würde er verstehen, was ich gesagt habe."

„Ja, klar." Roddy grinste. „Sonst noch was?"

„Nein, ehrlich", versicherte Melody, „es war ganz seltsam."

„Na ja", feixte Roddy, „wenn er dich versteht, kannst du ihm ja auch einfach sagen, dass er in den Käfig hüpfen soll."

Er hatte noch nicht ganz ausgesprochen, als das Küken einen Satz machte, auf den Rand der Schuhschachtel sprang und von dort auf die offene Türlade

des Käfigs. Im nächsten Moment war es auch schon drin und Melody machte den Käfig zu.

„Noch Fragen?", erkundigte sie sich bei Roddy.

„Nö." Er schüttelte verwundert den Kopf, seine Haare standen schon wieder zu Berge. „Aber normal ist das echt nicht."

… und nur eine Antwort

Das Mittagessen in der Mensa ausfallen zu lassen, war kein großes Opfer. Zum einen gab es Presswurst, die sowieso nicht zu Melodys Lieblingsgerichten zählte; zum anderen konnte sie gut auf Ashleys Schikanen verzichten. Die würde jetzt erst recht triumphieren, da das Stone Inn verloren war.

Melody und Roddy stahlen sich heimlich vom Schulgelände und schlichen zu Mr Clues Laden.

Der Klang des Windspiels und der Geruch des alten Leders hatten etwas Vertrautes. Als Melody durch die Eingangstür trat, fühlte sie sich gleich geborgen. Anders als Roddy, dem inmitten des ganzen Durcheinanders nicht recht wohl war.

„Mr Clue?", rief Melody in die schummrige Tiefe des vollgestellten Raumes. „Sind Sie da?"

„Natürlich, Kindchen."

Wie immer tauchte der alte Händler nicht dort auf, wo sie ihn erwarteten, sondern direkt hinter ihnen. Erschrocken fuhren beide herum. Roddys Haare sträubten sich sichtbar.

„Melody! Und der junge Master MacDonald!" Er hob die buschigen Brauen. „Was macht ihr hier? Solltet ihr nicht in der Schule sein?"

„Eigentlich schon", gab Melody zu, während Roddy etwas Unverständliches murmelte. „Aber da ist etwas, was wir Sie fragen wollten."

Mit auf dem Rücken verschränkten Armen beugte sich Mr Clue zu ihnen herab, wodurch er in seinem grünen Hausmantel nur noch größer wirkte. Melody bedachte Roddy mit einem zögernden Blick. Er nickte ihr kaum merklich zu.

„Es ist so", begann sie zögernd, „als ich neulich hier war, da haben Sie mir etwas zum Geburtstag geschenkt …"

„Den Ring", erinnerte sich Mr Clue und lächelte matt. „Ich mag zwar alt sein, aber mein Gedächtnis", er deutete auf seinen Kopf, „funktioniert noch ganz gut."

„Das bezweifeln wir auch nicht", versicherte Melody und wurde ein bisschen rot. „Die Sache ist nur, dass dieser Ring etwas Besonderes zu sein scheint."

„Inwiefern?"

„Na ja, er leuchtet manchmal im Dunkeln. Und dieses Leuchten, wissen Sie …" Melody zögerte abermals. Wenn man es laut aussprechen musste, klang es wirklich seltsam. „Jedenfalls hat uns dieses Leuchten zu einem Fund geführt, von dem wir …"

„Wir sind am alten Steinkreis gewesen", platzte Roddy heraus, der es nicht mehr länger aushielt. „Dort haben wir was ausgebuddelt, was wie ein versteinertes Ei aussah. Ich meine, wir dachten, dass es versteinert wäre, aber dann …"

Jetzt unterbrach auch er sich, und Melody und er sahen einander an. Mr Clue, der sich darauf wohl keinen Reim machen konnte, schaute von einem zum anderen. „Schön und gut, ihr beiden", meinte er dann, „aber was wollt ihr mir eigentlich sagen?"

„Dass wir eine Entdeckung gemacht haben, Sir", rückte Melody heraus. „Eine außergewöhnliche Entdeckung. Jedenfalls glauben wir das."

„Aha. Und worum handelt es sich?"

„Aus diesem Ei ist etwas geschlüpft", erklärte Melody weiter. „Ein kleines Tier, von dem wir nicht genau wissen, was es ist."

„Jedenfalls ist es kein Vogel, obwohl es einen Schnabel und Flügel hat", fügte Roddy hinzu. „Und es ist auch kein Kätzchen, obwohl es vier Beine und einen langen Schwanz hat."

„An seinen Vorderläufen hat es Krallen wie ein

Vogel, an den Hinterbeinen dagegen Pfoten", fuhr Melody fort, „und …"

„Einen Augenblick!", fiel Mr Clue ihr ins Wort und hob eine Hand. Die beiden Freunde verstummten und sahen sich an. Das hatten sie nun davon. Vermutlich glaubte ihnen der alte Ladenbesitzer kein Wort und das konnten sie ihm noch nicht mal verdenken. Es hörte sich ja auch an, als ob sie ihm einen gewaltigen Bären aufbinden wollten.

Mr Clue trat zu einem Regal, das vom Boden bis hinauf zur Decke mit Büchern gefüllt war. Mit seinem knochigen Zeigefinger strich er an den alten, knorrigen Lederrücken entlang, bis er endlich gefunden hatte, was er suchte. Er zog den Band aus dem Regal, worauf sich eine riesige Staubwolke löste, sodass sie alle husten mussten. Als sich der Staub wieder legte, hatte Mr Clue das Buch bereits auf den kleinen Lesetisch gehievt und begonnen, darin zu blättern.

Das Buch war uralt. Selbst aus der Entfernung verströmte das Papier einen strengen, muffigen Geruch, und es war mit einer fremdartigen Schrift bedruckt, die Melody kaum lesen konnte. Mr Clue hingegen hatte damit kein Problem, und er schien genau zu wissen, wonach er suchen musste. Plötzlich hörte er zu blättern auf. „Hier", sagte er und deutete auf die aufgeschlagene Seite. „Ist es das?"

Melody und Roddy traten vor und sahen es sich an.

Ein Bild war zu sehen, ein Abdruck von einem alten Holzstich. Es zeigte eine Kreatur, die durch die Lüfte flog auf weiten Schwingen wie denen eines Adlers. Und auch Kopf, Brust und Krallen waren wie die eines Adlers. Der Rest dagegen, einschließlich zweier kräftiger Hinterläufe und eines langen, am Ende in eine majestätische Quaste auslaufenden Schwanzes, schien eher von einem Löwen zu stammen.

Gryphon

stand in verschnörkelten Buchstaben darunter.

Erneut sahen Melody und Roddy einander an.

„Ist es das?", fragte Mr Clue noch einmal.

„Unser Exemplar ist sehr viel kleiner und zarter als das hier", sagte Melody. „Aber der Rest kommt in etwa hin."

„Ganz sicher?"

„Wieso?", wollte Roddy wissen, dessen Brille mal wieder bebte. „Was ist das für ein Vieh?"

„Eins, das es eigentlich gar nicht geben dürfte, mein Junge", antwortete Mr Clue. „Jedenfalls nicht mehr. Es ist ein Gryphus oder Gryphon – ein Greif."

„Ein Greif?", fragten Melody und Roddy gleichzeitig.

„Ein fantastisches Wesen", sagte Mr Clue andächtig, „halb Adler und halb Löwe – jedenfalls wird es gemeinhin so beschrieben. In Wirklichkeit jedoch sind

Greife sehr viel mehr als das." Er lachte auf. „Nun, natürlich sind sie mehr als das, andernfalls würden sie ja nicht existieren, nicht wahr? Wer glaubt schon an ein Tier, das zur Hälfte aus zwei anderen Tieren besteht?"

„Moment mal", wandte Roddy ein. „Versteh ich das richtig? Wir haben eine ausgestorbene Tierart entdeckt? Eine eigene Spezies? So wie die Dinosaurier?"

„Genau das, Junge", erwiderte Mr Clue. „Nur mit dem Unterschied, dass die Dinosaurier vor rund 65 Millionen Jahren ausgestorben sind; Greife hingegen haben bis ins frühe Mittelalter hinein gelebt."

„Wirklich?", fragte Melody. „Warum steht dann nichts darüber in den Geschichtsbüchern?"

„Weil es kaum Aufzeichnungen aus jener Zeit gibt", erklärte Mr Clue. „Es war eine düstere Zeit, die nicht von ungefähr das ‚Dunkle Zeitalter' genannt wird. Aber noch in den Tagen von König Artus und seiner Tafelrunde soll es viele Greife gegeben haben."

„König Artus?" Roddy schüttelte den Kopf, dass sein wirres Haar nur so flog. „Das sind doch alles Märchen!"

Mr Clue bedachte ihn mit einem strafenden Blick. „Was bringen sie euch eigentlich in der Schule bei?", fragte er seufzend. „Einst, in grauer Vorzeit, herrschten die Kelten auf diesen Inseln. Ihre Druiden waren in mancherlei Magie bewandert, konnten damit Gutes wie auch Böses bewirken. Dann kamen die Römer und brachten die Zivilisation. Gemauerte Städte entstanden, Kultur und Handel erblühten. Und als das Christentum Einzug hielt, veränderte die Welt ihr Angesicht. Doch als das Römische Reich unterging, kehrte die Finsternis zurück und das Dunkle Zeitalter begann."

„Das haben wir in der Schule gelernt", versicherte Roddy.

„Ja", fiel Melody ein. „Nachdem die Römer England verlassen hatten, war es schutzlos den Überfällen seiner Nachbarn ausgesetzt – Pikten, Sachsen, Wikinger; sie alle kamen, um zu plündern."

„Es war eine düstere Zeit", fuhr Mr Clue fort, „voller Kriege und Unruhen, in der aller Fortschritt und alles Wissen verloren zu gehen drohten. Dass es nicht geschah, war einem Mann zu verdanken, der sich der Dunkelheit entgegenstellte. Ihm war es bestimmt, die verfeindeten Könige und Stammesfürsten zu einen und König des neuen Reiches Britannien zu werden."

„Artus", sagte Melody.

„Ganz recht. Er tat dies, indem er die einstmals verfeindeten Führer des Landes um sich scharte und ihnen einen Platz an seinem Hof gab. Sie saßen an einem runden Tisch, an dem jeder gleich war."

„Die Tafelrunde", flüsterte Roddy.

„So ist es. König Artus gab dem Land wieder Frieden. Er stand ein für Menschlichkeit, Ritterlichkeit und Barmherzigkeit. Natürlich tat er das nicht allein. Wie es in einigen Quellen heißt, war einer von Artus' Kriegern ein Greifenritter, der vom Rücken dieser majestätischen Kreaturen aus kämpfte und die Diener der Dunkelheit das Fürchten lehrte."

„Aber warum habe ich darüber noch nie etwas gelesen?", fragte Melody.

„Wie ich schon sagte: Das Wissen über jene Zeit ist zum größten Teil verloren. Vielleicht soll das ja so sein."

„Was ist aus den Greifen geworden?"

„Das weiß niemand. Selbst jene, die an ihre Existenz geglaubt haben, hielten sie inzwischen für ausgestorben – bis heute."

„Sie meinen, dass ..."

Mr Clue beugte sich zu Melody herab und legte ihr eine Hand auf die Schulter. „Ich kann dir noch nicht sagen, wie die Dinge zusammenhängen", meinte er und sah sie dabei durchdringend an. „Aber ich glaube, dass dich das Schicksal zu etwas Besonderem ausersehen hat."

„Ausgerechnet mich?" Sie schüttelte den Kopf. „Ehrlich gesagt bezweifle ich das."

„Hast du irgendjemandem von deiner Entdeckung erzählt?", wollte Mr Clue wissen.

„Nur Roddy."

„Und du kannst ein Geheimnis für dich behalten?", fragte Mr Clue.

Roddy schnitt eine Grimasse. „Soll das ein Witz sein?"

„Nein, das ist kein Witz!", entgegnete der alte Ladenbesitzer streng. „Bei Dingen wie diesen pflege ich grundsätzlich nicht zu scherzen, verstanden?"

„'tschuldigung", kam es eingeschüchtert zurück.

„Roddy hat mein volles Vertrauen", ergriff Melody für den Freund Partei. „Er hat mich noch nie im Stich gelassen."

„Nun gut." Mr Clue nickte. „Aber außer mir dürft ihr niemandem etwas von dem Greifen verraten, ist das klar?"

„Warum nicht?"

„Weil ich es sage, verstanden?", blaffte der Ladenbesitzer entgegen seiner sonst so sanftmütigen Art und sah die beiden durchdringend an. „Ich muss einige Nachforschungen anstellen."

„Und was sollen wir in der Zwischenzeit tun?", fragte Melody.

„Wo ist der Greif jetzt?"

„Zu Hause in meinem Zimmer, in einem Vogelkäfig."

„Das hat er sich gefallen lassen?"

„Er hat sich nicht beschwert."

„Nun gut." Mr Clue nickte. „Geht gleich nach der Schule nach Hause und wartet dort. Ich werde euch am Abend nach Ladenschluss besuchen kommen und mir das Tier ansehen."

„Kennen Sie sich denn mit solchen Viechern aus?", fragte Roddy.

„Ein wenig, ja", entgegnete der Alte ausweichend.

„Vielleicht können Sie uns ja schon mal verraten, womit wir ihn füttern sollen", schlug Melody vor.

„Wir haben es mit Vogelkörnern aus der Zoohandlung meiner Eltern versucht, aber die mag er nicht", fügte Roddy hinzu.

„Nein?" Ein unergründliches Lächeln huschte über Mr Clues schmales Gesicht. „Das wundert mich nicht. Greife sind Jäger, müsst ihr wissen. Sie fressen am liebsten Fleisch."

Verreist!

„Bereit?" Roddy, der den kleinen Behälter mit der Maus darin hielt, warf Melody einen fragenden Blick zu.

„Bereit", bestätigte sie und öffnete die Tür des Vogelkäfigs. Der kleine Greif, der bereits wie wild mit den Flügeln schlug, sprang heraus und flatterte aufgeregt durchs Zimmer – und Roddy ließ die Maus frei.

Im uralten Keller des Stone Inn hatten sie nicht lange suchen müssen, bis ihnen einer der kleinen Nager über den Weg gelaufen war. Mit einer Lebendfalle, die er eigens aus dem Laden seiner Eltern mitgebracht hatte, hatte Roddy die Maus eingefangen und hinauf in Melodys Zimmer gebracht. Und jetzt ging alles ganz schnell.

Der kleine Greif drehte eine Runde durch die Dachkammer, dann stieß er wie ein Raubvogel auf die Maus herab, deren wilde Flucht ein jähes Ende fand. Mit den Krallen voraus stürzte sich der Greif auf sein Opfer und hielt es fest. Dann kam sein Schnabel zum Einsatz.

„Autsch, ist das übel!", meinte Melody und verzog das Gesicht. „Ich mag gar nicht hinsehen!"

„Dann guck halt weg." Roddy, der fasziniert zuschaute, grinste über sein ganzes blasses Gesicht.

„Vielleicht hätten wir es doch lieber mit einem Stückchen Fleisch probieren sollen?"

„Das hätte keinen Sinn", wehrte Roddy ab. „Mr Clue hat gesagt, dass Greife Jäger sind, also wollen sie sich ihr Futter verdienen. Das hat mein Dad mir beigebracht."

Melody widersprach nicht. Roddys Vater wusste sicher am besten, wie man ein Raubtier zu füttern hatte, aber ein schöner Anblick war es trotzdem nicht. Unter heftigem Flügelschlag tat sich der kleine Greif an der Maus gütlich, bis so gut wie nichts mehr davon übrig war. Einerseits tat ihr das Mäuschen leid, andererseits war Melody natürlich alt genug, um zu wissen, dass dies der Kreislauf der Natur war. Und so wenig ihr das Spektakel gefallen hatte, so froh war sie darüber, dass der kleine Kerl nun endlich etwas zu fressen hatte.

„Na, fühlst du dich jetzt besser?", fragte sie. Der Greif blickte in ihre Richtung, und einmal mehr kam es ihr so vor, als könnte er jedes ihrer Worte verstehen.

Melody wollte es genau wissen. Sie erhob sich von der Bettkante, auf der sie gehockt hatte, und setzte sich auf den Boden. Dann drehte sie ihre rechte Hand so, dass die Handfläche nach oben zeigte, und legte sie vor sich ab.

„Komm", sagte sie.

Roddy blies durch die Nase. „Das kannst du vergessen. Das ist ein Raubtier und kein Kanarienvogel. Bevor der dir gehorcht, wird er eher …"

Er verstummte, als sich der kleine Greif plötzlich in Bewegung setzte. Er ließ von den Überresten der Maus ab, trippelte quer über die alten Holzdielen und stieg, ohne zu zögern, auf Melodys Hand. Dort ließ er sich auf den Hinterläufen nieder und begann, sein Fell zu putzen.

„Das ist ja unglaublich", flüsterte Roddy.

„Hallo, mein kleiner Freund", sagte Melody und hob ihre Hand langsam an. Das Tier blieb ganz ruhig sitzen, so als wüsste es, dass es nichts zu befürchten hatte.

„Sei lieber vorsichtig", raunte Roddy ihr zu. „Raubvögel sind manchmal unberechenbar. Im einen Moment tun sie noch ganz zutraulich und schon im nächsten hacken sie dir – zack – ein Auge aus."

„Du nicht", war Melody überzeugt und lächelte den kleinen Greifen, den sie nun auf Augenhöhe hielt, sanft an. „Nicht wahr? So was würdest du nie tun."

Der Greif hob den Kopf und blickte sie direkt an, und sie konnte der Versuchung nicht widerstehen, ihn zu streicheln. Ganz behutsam bewegte sie ihren Zeigefinger auf ihn zu.

„Vorsicht", hauchte Roddy beschwörend.

Aber aus irgendeinem Grund hatte Melody keine Angst. Sanft berührte sie das Brustgefieder des Tieres, das weicher war als alles, was sie je angefasst hatte. Ganz vorsichtig streichelte sie es mit dem Rücken ihres Zeigefingers.

Der Greif ließ es sich gefallen. Und mehr als das: Er machte den Hals lang, so als wollte er sagen, dass es ihm angenehm war.

„Wahnsinn", kommentierte Roddy.

„Find ich auch", stimmte Melody zu. Fasziniert starrte sie auf das Tier in ihrer Hand, das so klein und putzig und zugleich so geheimnisvoll war. „Ich frage mich, wieso …"

Als sie den Greifen wieder berührte, begann der Ring an ihrem Zeigefinger erneut zu leuchten. Diesmal allerdings war es nicht der Stein, sondern das Metall. Winzige Symbole wurden darauf sichtbar.

„Das sind Buchstaben!", stellte Roddy fest.

Und er hatte Recht. Staunend versuchte Melody, die Zeichen zu entziffern.

„A", las sie laut vor, „G … R … A … Agravain."

„Agravain?" Roddy kratzte sich an seinem Wuschelkopf. „Was soll das heißen? Ist das irgendeine alte Sprache?"

„Ich glaube nicht", verneinte Melody. „Für mich hört es sich eher wie ein Name an." Sie überlegte kurz, dann wandte sie sich wieder ihrem kleinen Schützling zu. „Ist das dein Name? Agravain?"

Der Greif hielt ihrem fragenden Blick stand und legte den Kopf schief, was Melody als Bestätigung wertete.

„Ich glaube, ich habe diesen Namen schon mal irgendwo gehört", meinte Roddy.

„Wer weiß?" Melody zuckte mit den Schultern und strich sich eine rote Strähne aus dem Gesicht. „Jedenfalls werden wir ihn von jetzt an so nennen. Nicht wahr, Agravain?"

Der Ring war wieder erloschen, er hatte seine Schuldigkeit getan. Vorerst jedenfalls.

„Ist das abgefahren!", flüsterte Roddy. „Der Ring scheint mit dem kleinen Kerl tatsächlich irgendwie in Verbindung zu stehen."

„Agravain", verbesserte Melody.

„Agravain", bestätigte Roddy nickend. „Der Name passt gut zu ihm, wirklich. Ob ich ihn auch einmal streicheln …" Schon hatte er seine Hand nach dem Greifen ausgestreckt, doch er zog sie blitzartig zurück, als das Tier in seine Richtung schnappte und dabei ein Zischen ausstieß.

„Aber, Agravain!", sagte Melody mit gespielter Strenge. „Was hast du denn? So was tut man doch nicht! Roddy ist ein guter Freund, weißt du."

„Schon okay", meinte Roddy und winkte ab. „Dann eben ein anderes Mal. Setzen wir ihn wieder in den Käfig?"

„Einverstanden", stimmte Melody zu und bewegte ihre Hand vorsichtig zum Tisch hinüber, auf dem der Käfig stand. Bereitwillig sprang der Greif auf die offen stehende Gittertür und schlüpfte hinein.

„Sag mal, gibt's das?", rief Roddy.

„Wieso? Was ist?"

„Na ja, er musste den Kopf herunterbeugen, um durch die Öffnung zu passen. Das war vorhin noch nicht so."

„Was willst du damit sagen?" Melody blickte ihn fragend an. „Dass er in den letzten zehn Minuten gewachsen ist?"

„Ja … nein", verbesserte sich der Junge und errötete ein bisschen. „Aber vorhin sah er kleiner aus."

„Vielleicht hat er sich aufgeplustert", vermutete Melody und schloss die Gittertür. „Vögel machen so was doch manchmal. Dadurch sehen sie größer aus, als sie eigentlich sind."

„Das stimmt", gab Roddy zu. „Aber irgendwie …"

„Was?", wollte sie wissen.

„Wie groß werden Greife eigentlich?"

„Keine Ahnung." Melody zuckte mit den Achseln.

„Und wie schnell wachsen sie?"

„Das weiß ich auch nicht", sagte Melody und bekam plötzlich ein ungutes Gefühl. „Wir sollten Mr Clue fragen, wenn er kommt."

„Unbedingt", stimmte Roddy zu. Er schob den Ärmel seines Hoodies hoch, um einen Blick auf seine Uhr zu werfen. „Dabei fällt mir ein – wollte der alte Staubfänger nicht längst hier sein?"

„Nenn ihn nicht so. Das ist respektlos."

„'tschuldigung."

„Aber du hast Recht." Es war schon halb acht. „Mr Clue wollte doch gleich nach Ladenschluss zu uns kommen. Soweit ich weiß, schließt sein Geschäft um sechs."

„Das war vor anderthalb Stunden", stellte Roddy fest. „Viel Zeit, um die paar Kilometer von Lamlash nach Brodick zu fahren."

„Zu viel. Vielleicht ist ihm unterwegs was zugestoßen. Vielleicht hatte er einen Unfall."

„Ach was." Roddy machte eine wegwerfende Handbewegung. „Sicher hat er es einfach nur vergessen. Er hat schließlich schon ein paar Jährchen auf dem Buckel, der alte … ich meine, der gute Mr Clue."

Melody nickte.

Das stimmte natürlich.

Einerseits. Andererseits fiel ihr kein Beispiel dafür

ein, dass Mr Clue jemals zuvor etwas vergessen hätte. Im Gegenteil: Er war die Verlässlichkeit in Person.

Je mehr Zeit verging, desto unruhiger wurde Melody. Eine Ahnung von Unheil beschlich sie ... und eine leise Furcht.

„Er kann unsere Verabredung doch nicht vergessen haben!"

„Doch, das ist die einfachste Erklärung. Reg dich doch nicht so auf", sagte Roddy.

„Du bist ein lausiger Lügner, weißt du das?"

„Das sagt meine Mom auch, wenn ich meine Hausaufgaben nicht gemacht habe." Roddy lächelte schwach. „Ich mag bloß nicht, dass du dir Sorgen machst."

„Lieb von dir." Sie lächelte ebenfalls. „Aber ich frage mich allen Ernstes, wo Mr Clue bleibt. Er wirkte ziemlich aufgeregt heute Mittag."

„Du wärst auch aufgeregt, wenn dir jemand erzählen würde, dass er einen Greifen zu Hause hat."

„Schon, aber das allein war es nicht. So habe ich ihn noch nie erlebt. Am liebsten würde ich zu ihm fahren und nachsehen. Vielleicht ist er krank oder hat sich wehgetan und braucht unsere Hilfe."

„Hmm." Roddy schnitt eine Grimasse. „Muss das sein? Es regnet!"

„Du brauchst ja nicht mitzukommen, wenn du nicht willst", sagte Melody. Doch einige Augenblicke später saßen sie auf ihren Fahrrädern.

Es war in der Tat kein guter Abend für einen Ausflug: Sie mussten gegen einen heftigen Wind anstrampeln, Regen peitschte ihnen ins Gesicht. Auf den ersten beiden Kilometern hielten ihre Regenmäntel noch einigermaßen dicht, dann fand die Nässe ihren Weg unter ihre Kleider. Entsprechend durchgefroren waren sie, als sie schließlich in Lamlash anlangten – nur um auf den Eingangsstufen von Mr Clues Laden eine Überraschung zu erleben.

Das Glasfenster in der Tür und die beiden Schaufenster waren von innen mit alten Zeitungen beklebt worden, sodass man nicht mehr hineinsehen konnte. Und am Knauf hing ein Schild mit der Aufschrift:

AUF UNBESTIMMTE ZEIT VERREIST

„Was?" Melody war völlig fassungslos.

„Das gibt's doch nicht", meinte auch Roddy.

„Mr Clue!", rief Melody zum ersten Stock hinauf. Aber hinter den hohen Fenstern blieb es dunkel und nichts regte sich. „Mr Clue, wir sind es! Bitte öffnen Sie!" Sie lief die Stufen hinauf und rüttelte am Knauf, doch die Tür blieb verschlossen. „Das darf doch nicht wahr sein!"

„Offenbar doch", knurrte Roddy. Sein sonst wirr abstehendes Haar klebte ihm durchnässt am Kopf,

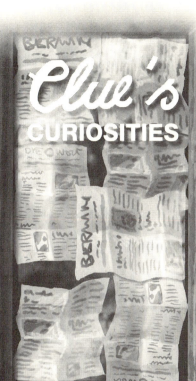

glänzende Rinnsale liefen ihm übers Gesicht. „Der hat uns verladen! Angelogen hat er uns, jawoll!"

„Aber das sieht ihm gar nicht ähnlich", wandte Melody ein, triefende Haarsträhnen lugten unter ihrer Kapuze hervor. „Dieser Laden ist sein ganzer Stolz, er würde ihn nie einfach so im Stich lassen."

„Vielleicht hatte er schon längere Zeit vor zu verreisen."

„Aber dann hätte er doch heute Nachmittag etwas davon gesagt", rätselte Melody. „Vielleicht …"

„Vielleicht was?"

„Vielleicht hat seine plötzliche Abreise ja etwas mit Agravain zu tun", überlegte sie. „Er hat doch was von Nachforschungen erzählt …"

„Quatsch", fiel Roddy ihr ins Wort. „Ausgetrickst hat er uns, das ist alles! Wahrscheinlich hat er uns kein Wort geglaubt und wollte uns eine Lektion erteilen. Und wir waren so blöd, ihm zu vertrauen."

„Meinst du?" Melody war alles andere als überzeugt.

„Bestimmt." Roddy nickte. „Können wir jetzt bitte wieder nach Hause fahren? Ich bin nass bis auf die Knochen und mir ist kalt. Ich habe keine Lust, mir auch noch einen Schnupfen …" Der Rest des Satzes wurde von einem Niesen verschluckt.

Melody seufzte. Hier würden sie nicht mehr weiterkommen. Mr Clue war weg, daran bestand kein Zweifel, über die Gründe konnten sie sich auch morgen noch den Kopf zerbrechen. Also stiegen sie wieder auf ihre Fahrräder und fuhren zurück nach Brodick.

Keiner von beiden ahnte, dass sie dabei beobachtet wurden.

Chaos!

Schon am nächsten Tag war das Stone Inn kaum mehr wiederzuerkennen.

Das Haus, in dem Melody geboren worden war und in dem sie ihr ganzes bisheriges Leben gewohnt hatte, bot einen traurigen Anblick. Überall standen Kartons herum, die Vorhänge waren von den Wänden genommen worden. Ein hässliches Gefühl von Aufbruch hatte sich über Nacht breitgemacht, sodass kein Zweifel mehr bestehen konnte: Melody und Granny Fay würden ihr Haus verlassen.

Es war traurig und frustrierend – kein Wunder, dass Melody an diesem Tag in der Schule kaum bei der Sache war.

Zum einen musste sie immerzu daran denken, dass Granny Fay und sie schon bald kein Dach mehr über dem Kopf haben würden. Zum anderen sorgte sie sich um Mr Clue, der so unvermittelt abgereist war, obwohl er sie doch hatte besuchen wollen. Wie passte das denn zusammen? Nur auf eines freute sich Melody: darauf, Agravain zu sehen.

Als sie nach Hause kam, saß er in seinem Käfig und schaute sie vorwurfsvoll an. „Ich weiß", versicherte sie, „du bist hungrig. Hier, wie wär's damit?"

Sie steckte ein paar Streifen Fleisch durch die Gitterstäbe, die sie in der Küche gemopst hatte. Der Blick des kleinen Greifen blieb dennoch vorwurfsvoll.

„Ich weiß, dass du dir lieber selbst was fangen würdest. Aber das geht jetzt nicht. Ich muss Hausaufgaben machen und meiner Granny beim Packen helfen, sonst kriege ich Ärger. Das nächste Mal darfst du wieder jagen, ich versprech's dir."

Agravain schien einmal mehr zu verstehen. Zwar schaute er leicht beleidigt drein, zupfte aber folgsam das Fleisch mit dem Schnabel durch die Gitterstäbe.

„Danke", flüsterte Melody und zwinkerte ihm zu, und … Moment mal! Hatte das Tier gerade zurückgezwinkert? Unsinn! Das konnte nicht sein!

Damit Agravain auch wirklich satt wurde, steckte sie ihm noch zwei weitere Fleischstreifen durch die Gitterstäbe, dann verließ sie das Zimmer und schloss die Tür hinter sich ab – für alle Fälle. Schon auf der

Treppe konnte sie die Stimmen hören, die aus dem Gastraum heraufdrangen, deshalb beschleunigte sie ihre Schritte.

Das Stone Inn hatte sich wirklich sehr verändert.

Noch am Tag zuvor hatten in dem kleinen Frühstücksraum Tische mit rot-weiß karierten Tischdecken gestanden und Stühle mit karierten Kissen darauf, und an den Wänden hatten Bilder von der Landschaft der Insel gehangen, die Melodys Großvater in jungen Jahren gemalt hatte. Jetzt waren nur noch hässliche bleiche Flecken an ihrer Stelle; die Gemälde lagen auf den Tischen und warteten darauf, in Kartons verpackt zu werden. Tischdecken und Kissen waren bereits darin verschwunden, ebenso wie die kleinen Vasen und Kerzenleuchter. Ohne die Vorhänge wirkte der Raum leer und ungastlich und so würde es schon bald im ganzen Haus aussehen. Das Chaos griff um sich.

„Und du kannst wirklich nichts dagegen tun, Hector?"

Granny Fays Stimme zitterte. Ihre Frage galt dem hünenhaften Mann in der Polizeiuniform, der inmitten des Durcheinanders stand. Sein Name war Hector Gilmore und er wohnte einige Häuser weiter an der Hauptstraße. In ihrer Not hatte Granny Fay ihn gebeten, McLuskys Räumungsbefehl zu überprüfen.

„Es tut mir wirklich leid, Fay", sagte er kopfschüttelnd, während er das Schriftstück zusammenfaltete und wieder zurückgab. „Die Urkunde ist rechtmäßig, daran kann auch die Polizei nichts ändern."

„Aber McLusky hat uns betrogen", eiferte sich Melody, die zu ihrer Großmutter trat.

„Das ist wahr", sagte Granny Fay. „Er hatte es von Anfang an auf das Stone Inn abgesehen. Und er hat dafür gesorgt, dass die Bank den Geldhahn zugedreht hat."

„Gibt es dafür Beweise?", fragte Gilmore.

„Nicht direkt."

„Dann kann ich nichts für euch tun. Der Vertrag ist rechtskräftig. Euch bleibt leider nichts anderes übrig, als euch zu fügen, es sei denn, ihr könnt das Geld für die nächste Rate doch noch aufbringen."

„Fünftausendachthundert Pfund? Innerhalb von zwei Tagen?" Granny Fay lachte freudlos. „Da wäre schon ein Wunder nötig. Oder gleich mehrere."

„Tut mir wirklich leid, Fay."

„Ich weiß, Hector." Granny nickte dem Polizisten dankbar zu, dann ließ sie sich ächzend auf einem Stuhl nieder. Melody half ihr dabei und sah zu ihrer Bestürzung dicke Tränen über die Wangen ihrer Großmutter laufen.

Keine Frage, in letzter Zeit war manches schiefgelaufen. Melodys Noten waren nicht die allerbesten, und der ganze Ärger mit Ashley und ihren Freundinnen war auch ziemlich ätzend. Auch dass sie nun womöglich aufs Festland ziehen mussten, hätte Melody noch ertragen. Aber ihre Oma so oft weinen zu sehen, brach ihr fast das Herz. Sie legte einen Arm um ihre Granny und versuchte sie zu trösten, während Gilmore leise davonschlich.

„Es tut mir leid", schluchzte Granny Fay wieder und wieder. „Es tut mir alles so leid, Melody. Das Stone Inn hätte dein Erbe sein sollen. Es war das Einzige, was dir von deinen Eltern geblieben war – und ich habe es verloren."

„Nein, Granny", widersprach Melody und strich ihr sanft über das graue Haar. „Du kannst nichts dafür. Du hast das Stone Inn nicht verloren, McLusky hat es uns weggenommen." Sie ballte die Fäuste und merkte, wie unbändige Wut in ihr emporstieg; aber gleichzeitig wusste sie auch, dass sie nichts ausrichten konnte. Buford McLusky war der Herr dieser Insel. Niemand wagte es, sich gegen ihn zu stellen. Offenbar nicht einmal die Polizei.

„Was soll nur werden?", schluchzte Granny Fay weiter und vergrub das Gesicht in ihren faltigen Händen. „Was soll nur aus uns werden?"

„Wir finden schon einen Weg." Melody hörte sich die Worte sagen, glaubte aber selbst nicht recht daran. „Nur hör bitte auf zu weinen, hörst du?"

Sie schlang die Arme um ihre Großmutter, die sich nun tatsächlich ein wenig beruhigte. „Bitte entschuldige", sagte sie und zog aus ihrer Schürze ein großes Taschentuch, in das sie sich geräuschvoll schnäuzte. „Ich weiß noch, als du ein kleines Mädchen warst", begann sie. „Da hast du dir beim Rollschuhfahren die Knie aufgeschlagen und bist weinend zu mir gekommen. Da habe ich dich in den Arm genommen und dich getröstet."

„Und jetzt tröste ich dich", sagte Melody.

Granny Fay lächelte matt. „Wie groß du geworden bist. Ich kann es kaum glauben."

„Wir schaffen das. Wir müssen nur fest zusammenhalten."

„Und das Stone Inn?"

Melody zuckte mit den Schultern. „Es gibt andere Orte, an denen es sich leben lässt."

„Meinst du das wirklich?"

„Klar", sagte Melody wie aus der Pistole geschossen.

In Wahrheit aber konnte sie sich gar nicht vorstellen, an einem anderen Ort zu leben. Sie liebte dieses alte Gemäuer, das im Winter wohlig warm war und im Sommer angenehm kühl. Sie liebte den Geruch des nahen Meeres und das Knarren der Dielen unter den Füßen. Aber in diesem Moment hätte sie sich lieber die Zunge abgebissen, als Granny Fay das zu sagen.

„Ihr jungen Leute", meinte ihre Oma und lächelte. „Veränderungen fallen euch leicht; wir Alten dagegen tun uns schwer damit."

„Ja", meinte Melody und zwang sich zu einem Lächeln.

„Also schön, genug getrauert", meinte Granny Fay tapfer und erhob sich von ihrem Stuhl. „Es gibt noch viel zu tun. Der Boden im Gastraum muss dringend gewischt werden. Würdest du das bitte übernehmen, Liebes?"

„Na klar, aber …", Melody runzelte die Stirn, „wozu eigentlich? McLusky will das Haus doch abreißen."

„Stimmt. Aber nur weil er ein Mensch ohne Anstand und Manieren ist, müssen wir uns ja nicht genauso benehmen", sagte Granny Fay. „Wir werden das Haus so übergeben, wie es sich gehört, sauber und in einwandfreiem Zustand. Das sind wir diesem alten Gemäuer einfach schuldig."

„Aber …"

„Wenn du nicht willst, mache ich es." Granny Fay lächelte sanft.

„Nein, kein Problem", versicherte Melody.

„Danke, mein Kind." Granny strich ihr über die Wange, dann ging sie in die Küche, um alle Kochgeräte einzupacken.

Seufzend ging Melody zur Besenkammer, um Eimer und Wischmopp zu holen, als sie plötzlich ein Geräusch vernahm, ein Krachen und ein Rumpeln, das aus dem ersten Stock drang. Und zwar aus ihrem Zimmer.

Agravain! Sie ließ Mopp und Eimer fallen und stürmte

die Treppe hinauf zur Dachkammer. Hastig drehte sie den Schlüssel herum und öffnete die Tür, stürmte hinein und …

„Oh nein!" Das Erste, was Melody erblickte, war der Vogelkäfig. Er lag umgekippt auf dem Boden. Das Gehäuse war an einer Kante geborsten, die metallenen Gitterstäbe nach außen gebogen – und von Agravain fehlte jede Spur!

„Agravain?", fragte Melody leise, denn sie wollte nicht, dass ihre Oma sie hörte. „Bist du da?"

Sie sah sich im Zimmer um. Fenster und Tür waren verschlossen gewesen, der kleine Greif konnte also nicht weit sein. Mit pochendem Herzen sah sie im Puppenhaus nach, aber dort war er nicht. Auch hinter dem Schrank und im Papierkorb suchte sie vergeblich. Ihr Herz schlug schneller und sie bekam Angst.

„Agravain?", fragte sie noch einmal etwas lauter. „Wo bist du? Zeig dich doch!"

Ihre Stimme zitterte, sie war den Tränen nahe, als sie plötzlich ein leises Fiepen hörte.

Sie fuhr herum.

Woher war das gekommen?

Wieder ein Fiepen – das Bett!

Erst jetzt fiel Melody auf, dass die Bettdecke seltsam ausgebeult war. Mit einem Ruck zog sie sie zurück und schrie beinahe laut auf, als sie Agravain erblickte.

Der Greif kauerte auf dem Bett, wo er sich eine Art Höhle gebaut hatte. Er war gerade dabei, jene Stelle seines Körpers zu reinigen, wo das Brustgefieder in das Fell überging – und kaum wiederzuerkennen. Denn er war nun doppelt so groß wie am Morgen! Jetzt hatte er etwa die Größe einer noch jungen Katze. Sein hellbraunes Fell war nicht mehr ganz so struppig und wirr wie zuvor, der Federflaum war zurückgegangen, die Flügel jetzt in etwa so lang wie die einer Möwe. Geblieben war jedoch der rätselhafte, wissende Ausdruck in seinen Augen.

„Hallo", war alles, was ihr einfiel.

Der Greif unterbrach seine Federpflege. Er stand auf, legte den Kopf in den Nacken und breitete seine Schwingen aus. Schneeweiße Federn wurden sichtbar, die unter dem braunen Flaum gewachsen waren. Er wollte wohl, dass sie ihn bewunderte.

„Alle Achtung, du bist wirklich gewachsen. Wunderschön bist du geworden!", sagte sie.

Ganz vorsichtig, um ihn nicht zu erschrecken, näherte sie sich ihm mit der Hand und strich dann sanft über seinen Rücken. Die Federn waren wie Seide, das Fell wie Samt.

Agravain schloss die Augen und gab ein wohliges Gurren von sich.

„Magst du das?" Melody streichelte ihn. Er legte die Federn an und senkte den Kopf, um sich ganz lang zu machen. „Scheint jedenfalls so", meinte Melody. Vorsichtig ließ sie sich auf der Bettkante nieder, worauf er ein Stückchen näher kam.

„Ist schon gut", redete sie ihm zu. „Ist schon gut, mein Kleiner." Sie hielt ihm die Hand hin, worauf er mit dem Schnabel ganz sanft daran zu knabbern begann. Melody musste lachen. „Das kitzelt."

Sie zog ihre Hand ein wenig zurück, sodass Agravain ihr folgte, Stück für Stück, und schließlich auf ihren Schoß kletterte, wo er sich gurrend niederließ. Zuerst erschrak Melody ein bisschen, aber sie gewöhnte sich rasch daran. Agravain fühlte sich ein wenig wie ein Kätzchen an, und im Grunde war er das ja auch, sah man einmal vom Schnabel und den Flügeln ab. Er schmiegte seinen Kopf an ihre Hand und schloss die Augen, als wollte er schlafen.

„Okay", meinte Melody, „wir verstehen uns. Aber eins dürfte klar sein, mein Freund – für den Käfig bist du zu groß geworden."

Strafarbeit

„Du hast was?" Roddy sah Melody an, als wäre sie soeben vor seinen Augen aus einem UFO gestiegen. „Du hast Agravain allen Ernstes mitgebracht?"

„Ja klar", meinte Melody, die sich ängstlich auf dem Schulhof umblickte. „Schrei am besten noch ein bisschen lauter, damit es auch wirklich alle hören. Wir können auch eine Durchsage machen, wenn dir das lieber ist."

„Bitte entschuldige." Roddy rückte nervös seine Brille zurecht. „Ich meine nur ... Wie konntest du das tun?"

„Ich hatte keine andere Wahl", stellte Melody klar. „Er ist gestern wieder ein Stück gewachsen. Für den Käfig ist er jetzt zu groß, und in meinem Zimmer kann ich ihn nicht lassen, da wird schon zusammengepackt."

„Ich verstehe." Roddy winkte ab. „Aber gefährlich ist es trotzdem", flüsterte er verschwörerisch.

„Glaubst du, das wüsste ich nicht? Aber so bin ich wenigstens in seiner Nähe und kann auf ihn aufpassen."

„Okay", sagte Roddy, aber es hörte sich mehr wie eine Frage an. Der Blick, mit dem er Melodys alte Ledertasche betrachtete, war voller Argwohn, und er machte ein düsteres Gesicht, so als ob er eine unheilvolle Vorahnung hätte.

In der ersten Stunde immerhin bestätigte sich diese jedoch nicht. Sie hatten Mathe bei Mr Walsh, und Agravain verhielt sich in der Tasche so mucksmäuschenstill, dass Melody schon fürchtete, er würde keine Luft mehr kriegen. Zum Stundenwechsel ging sie mit der Tasche auf die Toilette, um nachzusehen. Agravain ging es bestens, er war nur eingeschlafen. Melody kraulte ihn im Nacken, wo das Gefieder ins Fell überging, und bat ihn, sich weiter ganz still zu verhalten.

Leider vergeblich. Es war in der Kunststunde von Mrs Gulch, als Agravain plötzlich unruhig wurde. Vielleicht hatte er Hunger, vielleicht wurde ihm auch nur das Stillsitzen zu langweilig. Jedenfalls sprach Mrs Gulch gerade über die Maler der englischen Romantik, als ein lang gezogenes Piepsen erklang.

„Was war das?" Mrs Gulch, die an der Tafel gestanden und der Klasse den Rücken zugewandt hatte, fuhr herum. Durch die dicken Gläser ihrer Hornbrille warf sie den Schülern stechende Blicke zu. Eisiges Schweigen herrschte in der Klasse.

Melody bekam eine Gänsehaut.

„Ihr wisst ganz genau, dass ich keine Elektronik in meinen Unterrichtsstunden dulde", keifte Mrs Gulch. „Wer von euch hat vergessen, sein Handy auszumachen?"

Überall betretene Blicke, aber natürlich meldete niemand sich zu Wort.

„Also gut." Mrs Gulch blieb gelassen. „Ich bin heute in großmütiger Stimmung. Wer immer es war, soll jetzt sein Handy ausschalten. Wenn ich für den Rest der Stunde nichts mehr höre, ist die Sache für mich erledigt. Verstanden?"

Sie blickte fragend in die Runde, dann drehte sie sich wieder zur Tafel um. Alle Schüler schauten sich neugierig um, allen voran Ashley McLusky.

Auch Melody tat so, als würde sie das alles brennend interessieren, dabei kannte sie den Übeltäter ja ziemlich genau. Und deshalb wusste sie auch, dass sich das Geräusch nicht einfach abstellen ließ. Sie konnte nur hoffen.

Vergeblich.

Das nächste Piepsen war noch lauter als das erste.

„Jetzt habe ich aber genug!" Mrs Gulch fuhr herum. Wutentbrannt trat sie vor, dabei übersah sie, dass ein

Tafellappen auf dem Boden lag. Sie trat darauf und rutschte aus, und im nächsten Moment klatschte sie der Länge nach auf den Boden – zur Erheiterung der ganzen Klasse.

Allerdings währte der Spaß nicht lange. Als Mrs Gulch wieder in die Höhe schoss, war ihr rabenschwarzes Haar in Unordnung. Die Brille saß schief in ihrem Gesicht und ihre Miene verriet, dass sie Blut sehen wollte. Natürlich nicht im wörtlichen Sinn. Obwohl …

„Wer war das?", presste sie zwischen gefletschten Zähnen hervor, während ihre Blicke rastlos von einem Schüler zum anderen wanderten. „Wem gehört dieses Handy? Und wer hat den Lappen auf den Boden gelegt? Wer auch immer es gewesen ist, er hat seine Chance vertan."

In der Klasse war es still geworden. Alle starrten betreten auf die Tischplatte vor sich.

„Du da!" Mrs Gulch zeigte auf Troy Gardner, einen Jungen aus der Clique von Maxwell Fraser. Genau wie Ashleys Freund spielte auch er in der Fußballmannschaft der Schule. „Was starrst du mich denn so an?"

„Ich?" Troy wurde rot. „Da…das tut mir echt leid, Mrs Gulch, i…ich wollte nicht …"

Melody presste die Lippen aufeinander. Troy war ein Idiot, so wie die meisten, die mit Maxwell und Ashley abhingen. Trotzdem fand sie es nicht in Ordnung, dass er Ärger für etwas bekam, was er nicht getan hatte.

Wieder kam ein Piepsen aus ihrer Tasche.

„Wer ist das?" Mrs Gulch ließ von Troy ab und schritt den Mittelgang ab, den Kopf vorgereckt wie ein Geier. „Wenn ihr mir nicht sofort sagt, wer's war, könnt ihr alle nachsitzen, verstanden?"

Ashleys beringte Hand schoss in die Höhe.

„Ja, Ashley?"

„Mrs Gulch, ich habe einen Verdacht." Ein Raunen ging durch die Klasse.

„Tatsächlich?"

„Ja, Mrs Gulch. Campbell war es!" Mit diesen Worten drehte sie sich um und zeigte auf Melody. „Das Geräusch kam aus ihrer Tasche."

„So ein Quatsch!", rief jemand. Es war Roddy, der seinen Gefühlsausbruch schon im nächsten Moment bitter bereute.

„Du redest nur, wenn du gefragt wirst, MacDonald, ist das klar?", wies Mrs Gulch ihn zurecht und kam auf Melody zu. Melody fühlte sich an eine Hexe aus dem Märchen erinnert. Nur der Besen fehlte.

„Irgendwas stimmt da nicht, Mrs Gulch", plapperte Ashley unaufgefordert weiter, bei ihr schien das erlaubt zu sein. „Die Campbell benimmt sich schon den ganzen Morgen über so seltsam. Sie lässt ihre Tasche nicht aus den Augen und nimmt sie zum Stundenwechsel sogar mit auf die Toilette, was sie sonst nie macht. Ist das nicht verdächtig?"

„Allerdings", pflichtete Mrs Gulch ihr bei und baute sich bedrohlich vor Melodys Tisch auf. „Ist das wahr, Campbell?"

„Nein, Ma'am", versicherte Melody, „ich meine, ja ..."

„Was nun?"

„Ich war auf dem Klo und hatte meine Tasche dabei. Aber es ist kein Handy drin. Ich hab ja noch nicht mal eins", fügte sie ein bisschen leiser hinzu.

„Jedenfalls keins, das dir gehört", ätzte Ashley mit zuckersüßem Lächeln. Kimberley und Monique kicherten.

„Was willst du damit sagen?", zischte Melody.

„Kannst du dir das nicht denken? Vielleicht hast du ja ein Handy geklaut und versteckst es jetzt da drin!"

„Das werden wir gleich sehen", beendete Mrs Gulch den Wortwechsel. „Leer deine Tasche aus, Campbell. Hier auf den Tisch."

„Wie bitte?" Melody blickte entsetzt zu ihr auf. „Ich will sehen, was drin ist!"

„Mit Verlaub, Mrs Gulch, dazu haben Sie kein Recht", meldete Roddy sich wieder zu Wort. Seine Stimme bebte, aber immerhin wagte er es als Einziger zu widersprechen. Melody lächelte ihm dankbar zu.

Mrs Gulchs Nasenflügel blähten sich wie bei einem

Stier, der in Wut geraten war. Sie beugte sich hinab und wollte nach Melodys Tasche greifen, als sich die Ereignisse plötzlich überschlugen.

Ein lautes Kläffen erklang. Mit einem Satz sprang Pom Pom aus Ashleys Handtasche und fegte wie ein rosaroter Blitz laut bellend auf Melodys Tasche zu.

Melody erschrak fast zu Tode.

Kurzerhand packte sie ihre Tasche, stellte sie auf ihren Schoß und schlang schützend die Arme darum, während Pom Pom weiter kläffte und knurrte.

„Was hat der Hund?", fragte Mrs Gulch.

Ashley zuckte mit den Schultern. „Womöglich hat er etwas gewittert."

„Was ist da drin, Campbell?", wollte Mrs Gulch von Melody wissen. Ihre Augen waren so zu Schlitzen verengt, dass sie kaum noch zu sehen waren.

„N...nichts."

„Da ist Pom Pom aber anderer Ansicht", stichelte Ashley.

„Was versteckst du da drin?"

„Ich sage Ihnen doch: nichts", versicherte Melody. Ihr Hilfe suchender Blick glitt zu Roddy, dessen Brille in seinem erschrockenen Gesicht auf- und abhüpfte.

Ihre Gedanken rasten – was sollte sie nur tun?

Für einen Moment überlegte sie, einfach aufzuspringen und aus dem Klassenzimmer zu rennen, aber an Mrs Gulch wäre sie wohl nicht vorbeigekommen.

Außerdem war da noch Pom Pom, der die Vorderläufe abgespreizt hatte und sie mit gefletschten Zähnen anknurrte. Dieser üble kleine Handtaschenköter war genauso mies drauf wie sein Frauchen.

„Was jetzt, Campbell?", fragte Ashley.

Kimberly und Monique lachten wieder.

„Gib mir die Tasche!", verlangte Mrs Gulch und streckte ihre Klauenhand danach aus.

Melodys Puls raste. Ihr Gesicht war ganz heiß, in ihrem Hals steckte ein Kloß. Sie wusste nicht, was sie tun sollte. Wenn sie die Tasche jetzt aus den Händen gab, dann ...

„Also gut!" Roddy sprang auf und hob in einer entschuldigenden Geste die Hände.

„MacDonald", fuhr Mrs Gulch ihn an. „Habe ich dir nicht gesagt, dass du den Mund halten sollst?"

„I...ich weiß, Mrs Gulch", versicherte Roddy stammelnd. „Es ist nur so, dass ... dass ich weiß, was in der Tasche ist."

„Ach ja?" Nun doch interessiert, rückte die Gulch ihre Brille zurecht.

„Nein, Roddy!", bat Melody verzweifelt. „Bitte ..."

„Es hat keinen Zweck", beharrte er. „Früher oder später werden sie es doch herausfinden. Da ist es besser, wenn wir es ihnen sagen."

„Also?" Mrs Gulch stemmte die Arme in die Hüften. „Nun bin ich aber gespannt!"

Roddy beugte sich zu Melody hinüber, um ihr die Tasche abzunehmen.

„Nein", flehte sie, den Tränen nahe.

„Es hat keinen Zweck", sagte er leise. „Es ist vorbei." Damit nahm er ihr die alte Ledertasche ab, öffnete sie vorsichtig und griff hinein. „Es ist", eröffnete er dann, „diese originalgetreue Nachbildung der Hauptfigur aus der alten Fernsehserie ‚Gryphony'!"

Damit hob er Agravain aus der Tasche und hielt ihn hoch – und der Greif, der die Gliedmaßen und Flügel angelegt und die Augen geschlossen hatte, bewegte sich keinen Millimeter.

Ein lautes „Ooooh" ging durch die Klasse.

Es klang ziemlich enttäuscht.

„Ihr wisst ja, dass ich auf solches Zeug stehe", meinte Roddy entschuldigend.

„Ja, dass du ein Spinner bist, wissen wir!", rief Troy. Alle lachten.

„Aber dass du noch mit Puppen spielst …", fügte Ashley hinzu und es gab noch mehr Gelächter. Roddy ließ die ganze Häme seelenruhig über sich ergehen.

„Meine Eltern haben mir verboten, für solche Sachen Geld auszugeben", fuhr er fort, „deshalb hat Melody die Figur im Internet für mich ersteigert."

„Und das Piepsen?", wollte Mrs Gulch wissen. Sie schien noch nicht überzeugt.

„Das ist das Beste daran", erklärte Roddy eifrig.

„Die Figur hat einen eingebauten Soundchip. Wenn man auf die entsprechende Stelle drückt, ertönen originalgetreue Geräusche aus der Fernsehserie."

In diesem Moment ließ Agravain wieder ein leises Piepsen vernehmen, das genauso klang wie vorhin.

„Sehen Sie?", fragte Roddy und brachte sogar ein Lächeln zustande. „Wahrscheinlich ist die Figur in der Tasche gegen irgendein Buch gedrückt worden. Dadurch wurde das Piepsen ausgelöst", vermutete er.

Mrs Gulch blickte zweifelnd von Roddy zu Melody und wieder zurück. „Wie auch immer, das ist unterrichtsfremdes Material und hat in einem Klassenzimmer nichts zu suchen."

„Ashleys Pudel aber schon?", fragte Melody.

„Du solltest dich schämen, andere anzuschwärzen", wies Mrs Gulch sie zurecht. „Hier geht es um deine Versäumnisse und nicht um die von anderen, junge Dame. Du wirst dich dafür vor dem Rektor verantworten."

„Aber ich muss doch meiner Großmutter helfen, sie …", wandte Melody erschrocken ein. Die Gulch sandte ihr einen warnenden Blick zu. „Willst du dich wirklich beschweren?"

Melody brauchte nicht lange zu überlegen. „Nein", versicherte sie.

„Du kannst von Glück sagen, dass ich diesen abscheulichen China-Ramsch nicht beschlagnahme", ereiferte sich Mrs Gulch. „Was soll das überhaupt für ein Viech sein?"

„Ein Greif", erwiderte Roddy.

„Lächerlich", blaffte Mrs Gulch und rollte mit den Augen. „Deine Eltern haben völlig Recht. Du solltest dein Geld lieber für vernünftige Dinge sparen, statt sie für solchen Firlefanz auszugeben. Und du, Campbell, solltest deine Zeit nicht sinnlos im Netz verplempern."

„Ja, Ma'am", meinte Melody.

„Ehrlich, Sie haben ja so Recht", fügte Roddy hinzu.

„Allerdings." Mrs Gulch schien einigermaßen zufrieden. Nachdem sie den beiden noch einen letzten vernichtenden Blick zugeworfen hatte, kehrte sie ans Pult zurück.

Melody atmete tief ein und aus.

Ihr Herzschlag beruhigte sich ein wenig.

Sie sah, wie Roddy Agravain vorsichtig in seinem Rucksack verschwinden ließ, und lächelte ihm dankbar zu. Das war knapp gewesen.

Wirklich knapp.

Ein neuer Freund

Der Entdeckung durch Mrs Gulch war Agravain entgangen – dank Roddy, der so beherzt eingegriffen hatte. Allerdings änderte das nichts daran, dass Melody an diesem Nachmittag nachsitzen musste.

Mittags hatte sie sich bei Mr McIntosh gemeldet, dem Rektor der Schule, der ihr die übliche Standpauke gehalten hatte: dass es respektlos sei, die Ausführungen der Lehrkräfte zu stören, und dass es sich nicht gehöre, unterrichtsfremdes Material mitzubringen. Dass Ashley McLusky ständig ihren rosafarbenen Pudel dabeihatte, schien ihn dagegen nicht im Geringsten zu stören. Und auch Melodys Hinweis, dass ihre Granny Hilfe brauche, weil sie ihr Haus in wenigen Tagen räumen mussten, beeindruckte Rektor McIntosh nicht. Er verdonnerte sie dazu, den ganzen Nachmittag nachzusitzen.

Als um halb vier die Glocke läutete und alle Schüler nach Hause durften, fand sich Melody also im „Bunker" ein. So pflegten die Schüler den Kellerraum zu nennen, in dem das Nachsitzen stattfand.

Es war nicht das erste Mal, dass Melody dort landete. Dank Ashley McLusky, die sie für ihr Leben gern verpetzte und der die Lehrer so ziemlich alles glaubten, hat sie dort schon einige Nachmittage zugebracht. Manchmal zusammen mit Roddy, manchmal mit Leuten aus anderen Klassen, manchmal alleine.

Heute war sie die Einzige, die im Bunker hockte, einem fensterlosen Raum mit weiß gestrichenen Wänden und greller Neonbeleuchtung. Sie musste einen Aufsatz über vorbildliches Verhalten im Unterricht, den Direktor McIntosh höchstselbst verfasst hatte, dreimal abschreiben. Wie ihr das helfen sollte, ein besserer Mensch zu werden, war Melody zwar nicht klar, aber zumindest Rektor McIntosh war wohl davon überzeugt. Ihr einziger Trost blieb, dass Agravain unentdeckt geblieben war. Mehr oder weniger, jedenfalls.

Melody musste an Mr Clues Worte denken. *Manche Menschen*, hatte er gesagt, *würden ein Wunder nicht einmal erkennen, wenn es direkt vor ihren Augen stattfände*. Damals war ihr nicht klar gewesen, was er damit sagen wollte – inzwischen wusste sie es: Die Leute glaubten das, was sie glauben wollten, nicht was sie tatsächlich sahen. Sie waren nicht bereit gewesen, in Agravain etwas anderes zu sehen als eine wertlose Actionfigur.

Zum Glück ...

Vorsichtig stellte Melody ihre Tasche auf den Tisch. Bevor er nach Hause gefahren war, hatte Roddy ihr Agravain wieder zurückgegeben, und so kauerte er nun zusammengerollt zwischen Mäppchen und Büchern und schlief.

Melody musste unwillkürlich lächeln. Sie streichelte ihn ganz sanft, dann nahm sie ihr Schreibzeug heraus und ging an die Arbeit. Schließlich wollte sie heute noch fertig werden.

Lustlos pinselte Melody die Zeilen ab, so schnell, dass ihr schon bald die Hand wehtat. Sie war gerade mit dem zweiten Durchgang fertig, als sie von draußen Stimmen hörte.

Hohe, schrille Stimmen. Dazu ein albernes, nur zu bekanntes Kichern.

Mist ...

In diesem Moment ging die Tür schon auf, und Ashley stand auf der Schwelle, Monique und Kimberley im Schlepptau. Und Pom Pom, der wie immer feindselig aus der Tasche starrte.

„Campbell!", rief Ashley aus und gab sich überrascht. „Was machst du denn hier?" Die anderen Mädchen kicherten wieder. Pom Pom kläffte. „Wenn ich gewusst hätte, dass du hier bist, hätte ich dir auch was zu trinken mitgebracht." Sie hob die Coladose hoch, die sie in der Hand hielt. „Ist doch sicher total trockene Materie, oder?"

Wieder gab es Gelächter.

Melody verdrehte die Augen.

„Warum so feindselig, Campbell?", stichelte Ashley weiter. „Ich kann schließlich nichts dafür, dass du hier einsitzt. Das hast du dir schon selbst zuzuschreiben."

„Jedenfalls mehr oder weniger", knurrte Melody halblaut.

„Was hast du gesagt?"

„Nichts", versicherte Melody und wandte sich wieder ihrer Arbeit zu. Vielleicht würden Ashley und ihre Schnepfen ja gehen, wenn sie sie einfach wie Luft behandelte.

„Was schreibst du da eigentlich?" Ashley stelzte heran. „Oje!", rief sie dann. „Das ist Rektor McIntoshs berühmter Aufsatz über die Tugend der Jugend. Der Mann hat ja so Recht, findest du nicht auch? Gegenseitiger Respekt und Hilfsbereitschaft sind ja so wichtig!"

„Wenn du es sagst, Ashley."

„Wie oft musst du das abschreiben?"

„Dreimal", gestand Melody widerstrebend.

„Und wie oft hast du schon?"

„Zweimal."

„Dann bist du ja bald fertig und kannst nach Hause gehen!"

„Sieht ganz so aus."

„Super." Ashley lächelte dünn. „Da wär's ja total blöd, wenn ein Missgeschick passieren würde und jemand versehentlich ... ups!"

Ohne auch nur mit den künstlichen Wimpern zu zucken, drehte Ashley die Coladose in ihrer Hand herum und der Inhalt ergoss sich schäumend über die beiden fertigen Kopien.

„Nein!", rief Melody entsetzt.
Sie schnappte das Papier und schüttete die braune Brühe herunter. Dann versuchte sie die Seiten mit dem Ärmel ihres Schulpullovers zu trocknen, aber es war zu spät. Die Tinte war verschwommen und nicht mehr zu lesen, von den dunklen Flecken ganz zu schweigen. Ashley und ihre Zicken lachten hämisch. Sogar Pom Poms Kläffen klang schadenfroh.

„Oje, Campbell." In gespieltem Bedauern zog Ashley eine Schnute. „Das tut mir leid. Ich fürchte, du wirst heute noch etwas länger hierbleiben müssen. So schnell wird dich deine geliebte Granny heute wohl nicht zu sehen bekommen."

„Du ... du ..." Melody kämpfte mit den Tränen, rang nach Worten. „Du bist doch echt die mieseste, fieseste, abscheulichste Person, die ich je getroffen habe!"

„Wow!" Ashley schürzte die Lippen. „Ist dir sicher schwergefallen, das zu sagen. Aus deinem Mund ist das für mich ein Kompliment. Kannst auch gern ein

Autogramm haben." Unter den Jubelrufen ihrer beiden Freundinnen, die sie hochleben ließen wie einen Star, stolzierte sie zur Tür, die Tasche mit Pom Pom über der Schulter.

Melody zitterte am ganzen Körper, aber wenn sie jetzt ausflippte, wurde alles nur noch schlimmer. Nicht einmal beschweren durfte sie sich, der Rektor würde ihr sowieso kein Wort glauben und Ashley und ihre Zicken würden alles abstreiten. Umso mehr juckte es Melody in den Fingern, sich auf ihre Erzfeindin zu stürzen und ihr die blonden Locken einzeln vom Kopf zu reißen.

In diesem Moment geschah es.

Der Deckel ihrer Tasche flog auf. Heraus kam etwas, was wie ein Pfeil durch die Luft und hinter Ashley herschoss – und im nächsten Moment auf ihrem Kopf landete.

Agravain!

Der Schrei, den Ashley McLusky ausstieß, war so durchdringend, dass man ihn vermutlich bis hinüber zum Festland hörte. Sie warf die Arme hoch, die Designertasche mitsamt dem Pudel flog in hohem Bogen davon. Panisch begann sie sich die Haare zu raufen, in denen sich der Greif eingenistet hatte.

„Eine Fledermaus! Eine Fledermaus!", rief sie, worauf Kimberley und Monique in das Geschrei einstimmten und den Gang hinunter flüchteten, während Ashley auf der Schwelle stehen blieb und wahllos um sich drosch. Agravain begann darauf, wie von Sinnen mit den Flügeln zu schlagen, was Ashley nur noch mehr in Angst versetzte. Ihre Schminke war von der ganzen Heulerei zerlaufen, ihr Haar durcheinander, und Agravain hackte ihr mit dem Schnabel auf dem Kopf herum.

„Hilfe! Hilfe!", schrie Ashley. Nun war es Melody, die lachen musste. Inzwischen war einer von Ashleys Absätzen abgebrochen, sodass sie seltsam humpelte und eher wie der Glöckner von Notre Dame aussah als wie die Schulprinzessin. Als Agravain endlich von ihr abließ, schnappte sie sich die Tasche mit ihrem jaulenden Pudel und ergriff die Flucht. Hals über Kopf stürzte sie davon und warf die Tür hinter sich zu.

Agravain flatterte noch einmal durch den Raum, dann kehrte er zu Melody zurück. Sanft landete er auf dem Tisch und legte die Flügel wieder an. Dann begann er sich zu putzen, so als wäre nichts geschehen.

„Du bist mir ja einer", sagte Melody, die sich erst ganz langsam wieder beruhigte. „Was hast du dir bloß dabei gedacht? Was, wenn sie gemerkt hätte, dass du keine Fledermaus bist?"

Der Greif hob den Kopf und sah sie an.

„Das war ganz schön leichtsinnig von dir", tadelte Melody ihn mit erhobenem Zeigefinger. „Und auch unglaublich lieb", fügte sie leiser hinzu. „Danke."

Agravain hob und senkte den Kopf, als würde er nicken.

„Moment mal", flüsterte Melody. „Kannst ... kannst du mich verstehen? Verstehst du, was ich sage?"

Das ist doch Quatsch, schalt sie sich gleichzeitig. Er war ein Tier und konnte ihre Sprache nicht verstehen. Aber wieso hatte er Ashley genau in dem Augenblick angegriffen, als sie selbst sich am liebsten auf ihre Feindin gestürzt hätte?

Sie legte den Kopf schief, um den Greifen noch eingehender zu betrachten. Er tat es ihr gleich und musterte Melody aus seinen großen dunklen Augen, in denen sie ihr eigenes Spiegelbild erkennen konnte – und für einen Moment kam es ihr vor, als könnte er ihre Gedanken lesen. Diese Vorstellung erschreckte sie und sie wandte sich wieder ihrem Pult zu und begann ihre Abschreibarbeit von Neuem. Aber das machte ihr jetzt nichts mehr aus.

Als sie den Punkt hinter das letzte Wort setzte, war es bereits nach sieben Uhr und sie hatte einen Krampf in der Hand. Sie raffte ihre Sachen zusammen und brachte die drei handgeschriebenen Kopien zu Rektor McIntosh, der auch um diese Zeit noch an seinem Schreibtisch saß. Vielleicht, dachte sie, übernachtet er da ja sogar.

Mr McIntosh prüfte Melodys Arbeit Blatt für Blatt. Dann nahm er den ganzen Stoß, riss ihn in der Mitte durch und warf ihn in den Papierkorb. „Ich hoffe, du hast heute Nachmittag etwas gelernt", sagte er.

„Oh ja, Sir", versicherte Melody.

Daraufhin schickte er sie nach Hause. Der Weg zurück nach Brodick kam Melody ewig vor. Der heftige Wind, der von der See landeinwärts blies, machte ihr das Vorankommen schwer. Erleichtert erreichte sie das Stone Inn. Durchs Fenster sah sie ihre Großmutter in der Eingangshalle und stürmte hinein, um sie freudig zu begrüßen.

Doch daraus wurde nichts.

„Hast du eine Ahnung, wie spät es ist?", fragte Granny Fay vorwurfsvoll. Es klang nicht wütend, nur sehr traurig. Melody konnte sehen, dass sie wieder geweint hatte.

„Ja, aber ich kann nichts dafür", japste sie, noch immer atemlos vom Radfahren. „Mrs Gulch hat mich zum Nachsitzen verdonnert. Roddy sollte dir eigentlich Bescheid geben, damit du dir keine Sorgen machst."

„Oh, der junge Master MacDonald war hier", versicherte ihre Oma, „und er hat mir erzählt, dass du nachsitzen musst. Warum, hat er allerdings für sich behalten. Ich nehme an, er hatte seine Gründe."

Melody nickte erleichtert. Auf Roddy war echt Verlass, er hatte nichts von Agravain erzählt.

„Vermutlich", fuhr ihre Granny fort, „hatte es wieder etwas mit Ashley McLusky zu tun, dieser grässlichen Person. Aber ganz gleich, was heute passiert ist, ich hätte dich dringend hier beim Einpacken gebraucht."

„Ich weiß", versicherte Melody und ließ den Kopf hängen. „Es tut mir leid."

„Du hast versprochen, mir zu helfen, aber nun musste ich alles alleine machen. Hättest du nicht dieses eine Mal dem Ärger aus dem Weg gehen können?"

„Das ist nicht fair!", wandte Melody ein.

„Ist es fair, wenn sich eine alte Frau allein um all das kümmern muss?" Granny Fay deutete auf den Stapel Kartons bei der Treppe, die sie offenbar alle selbst gepackt hatte.

„Nein", gab Melody kleinlaut zu. „Es tut mir wirklich leid. Wenn du willst, kann ich auch jetzt noch …"

„Heute nicht mehr", wehrte ihre Großmutter erschöpft ab. „Geh in die Küche, auf dem Herd steht noch etwas zu essen. Dann leg dich aufs Ohr. Morgen ist auch noch ein Tag."

„Aber Granny!" Melody hatte Tränen in den Augen. Das Gesicht ihrer Oma war so schrecklich traurig, und es lag so viel Enttäuschung in ihren Worten, dass es wehtat. „Tut mir echt leid", versicherte Melody. „Ich mach's morgen wieder gut. Das verspreche ich."

„Natürlich." Granny Fay lächelte. „Gute Nacht, mein Kind."

„Gute Nacht."

Melody verzichtete auf das Abendessen, sie hatte keinen Hunger. Stattdessen ging sie gleich in ihr Zimmer, schloss die Tür hinter sich und stellte die Schultasche vorsichtig aufs Bett, damit Agravain herausklettern konnte.

Sie setzte sich auf die Bettkante, vergrub ihr Gesicht in den Händen und im nächsten Moment begann sie zu weinen. Es war einfach zu viel.

Zuerst der Ärger in der Schule, dann die Strafarbeit und die Sache mit Ashley – und nun war Granny auch noch enttäuscht von ihr. Kriegte sie eigentlich jemals etwas auf die Reihe?

Vielleicht, sagte sie sich, hatte Ashley ja Recht und sie war wirklich ein Loser und zu nichts zu gebrauchen. Auch Granny Fay schien das inzwischen von ihr zu denken …

Sie schluchzte und Tränen liefen ihr übers Gesicht. In diesem Moment fühlte sie sich so einsam, als wäre sie der einzige Mensch auf der Insel.

Plötzlich berührte etwas ihre Schulter.

Im ersten Moment dachte sie, dass es Granny wäre, die unbemerkt in ihr Zimmer gekommen war und ihr beschwichtigend die Hand auf die Schulter legte.

Aber es war nicht Granny Fay, sondern Agravain, der aus der Tasche gekrochen und auf ihre Schulter geflattert war. Mit einem leisen Gurren schmiegte er sich an ihren Hals, so als wollte er sie trösten – und es wirkte. Auf einmal fühlte sich Melody nicht mehr allein.

Vorsichtig hob sie die Hand und streichelte Agravains gefiederte Brust, und er ließ es sich gerne gefallen. Schweigend kauerten beide auf dem Bett und schenkten einander Trost, das Mädchen und der Greif.

Nicht nur Melody ahnte in diesem Moment, dass dies der Beginn einer engen Verbindung war, sondern auch der von Kopf bis Fuß in tiefes Schwarz gekleidete Mann, der draußen vor dem Haus stand und zum Fenster der Dachkammer emporblickte. Lange hatte er Melody beobachtet, nun war er sicher: Es hatte begonnen.

Der Mann, der einen langen Mantel trug und seinen Hut tief ins Gesicht gezogen hatte, wandte sich ab und verschwand in die Dunkelheit.

Er hatte genug gesehen.

Der Orden musste handeln.

Sprachlos

In dieser Nacht träumte Melody wieder vom Fliegen.

Erneut ging es an den verschneiten Hängen des Goat Fell empor und dann steil hinab in die Täler, über die Wipfel der Bäume hinweg bis zum Meer. Und wie beim ersten Mal konnte sie die würzige Luft riechen – bis zu dem Augenblick, da sie erwachte.

Diesmal war sie nicht ganz so überrascht, sich im Bett wiederzufinden. Verblüfft war sie aber, als sie feststellte, dass sie zumindest den Wind in ihrem Gesicht nicht geträumt hatte. Denn das Fenster der Dachkammer stand offen und eine kalte Brise wehte herein!

Melodys erster Gedanke galt Agravain – wo war er?

Erschrocken sprang sie aus dem Bett und eilte zum Fenster, um es zu schließen. Dass sie dabei in ihrem Nachthemd erbärmlich fror, war ihr egal.

„Agravain?", fragte sie leise und sah sich im Halbdunkel um. Es war noch Nacht, spärliches Mondlicht fiel durch das Fenster. „Agravain? Wo bist du?"

Sie war unendlich erleichtert, als sie unter dem Schreibtisch eine Bewegung wahrnahm.

„Agravain?"

Der Greif kroch unter dem Schreibtisch hervor und richtete sich zu seiner vollen Größe auf; er war jetzt etwa so groß wie ein Schäferhund, und wenn er sie ausbreitete, hatte er Flügel wie ein Pelikan.

„Mein Gott", flüsterte Melody und schlug die Hand vor den Mund. Je älter Agravain wurde, desto rascher schien er zu wachsen. Aber woher hatte er die Nahrung genommen, um …?

Ihr Blick fiel auf Agravains Schnabel, der dunkle Flecken hatte. Blut …

„Du bist auf der Jagd gewesen?", fragte sie fassungslos. „Aber wie bist du …?"

Ihr Blick fiel aufs Fenster.

„Hast du das Fenster aufgemacht? Aber wie?"

„Mit den Krallen natürlich."

Die Antwort kam so unerwartet, dass Melody zurückprallte. Sie wankte einige Schritte, bis sie gegen das Bett stieß und sich unwillkürlich hinsetzte.

„Hast du gerade was gesagt?", fragte sie das Tier und kam sich unendlich dämlich dabei vor. „Ich meine, wahrscheinlich ist es ja Quatsch, aber …"

Agravain legte den Kopf schief.

„*Guten Morgen, Melody.*"

Melody erschrak. Sie presste beide Hände vor den Mund, um nicht laut zu schreien. „D...das kann nicht sein", stammelte sie. „Tiere können nicht sprechen."

„*Ich spreche ja auch nicht*", kam prompt die Antwort. „*Oder habe ich etwa den Schnabel aufgemacht?*"

„Nein", musste Melody zugeben. Tatsächlich hatte sich Agravains Schnabel keinen Millimeter bewegt. „Aber wie kommt es dann, dass ...?"

„*Wir sind miteinander verbunden*", erklärte der Greif. „*Was du hörst, ist nur in deinem Kopf.*"

„Du willst also sagen, ich bilde mir das nur ein?"

Agravain lachte. „*Komme ich dir vielleicht irgendwie eingebildet vor?*"

Melody besann sich. Agravain hatte Recht. Wenn er mit ihr redete, war nicht wirklich etwas zu hören. Trotzdem hatte sie seine Stimme im Kopf – eine angenehme, seidenweiche Stimme, die einem Jungen von vielleicht acht Jahren gehören mochte.

„Träume ich etwa noch?" Melody kniff sich in den Arm, aber mehr als ein unterdrückter Schmerzensschrei kam nicht dabei heraus. Agravain sprach einfach weiter.

„*Ich war auch ganz schön überrascht, das kannst du mir glauben.*"

Mit pochendem Herzen saß Melody auf dem Bett.

Ihr Verstand weigerte sich zu begreifen, was gerade geschah. Aber so, wie es aussah, hatte sie keine andere Wahl.

„Verstehst du mich schon die ganze Zeit?", wollte sie wissen.

„*Nein*", erklärte Agravain. „*Erst seit gestern, als du mit diesem Mädchen gestritten hast.*"

„Ashley McLusky."

„*Ich weiß auch nicht, warum, aber auf einmal verstand ich, was sie sagte. Und sie war nicht nett zu dir.*"

„Nein", gab Melody zu.

„*Also habe ich ihr eine Lektion erteilt*", erklärte der Greif und hob stolz das Haupt. Sein Hals wirkte viel muskulöser als zuvor und ein Teil der Flaumfedern war verschwunden.

„Das hast du." Die Erinnerung genügte, um Melody noch immer schmunzeln zu lassen. „Danke", fügte sie leise hinzu.

„*Du brauchst mir nicht zu danken. Dir zu helfen ist meine Pflicht.*"

„Deine Pflicht?" Melody hob die Brauen. „Wieso das?"

„*Genau weiß ich es auch nicht.*" Ein wenig ratlos blickte Agravain zu Boden. „*Aber ich glaube, es hat etwas mit dem Ring zu tun.*"

Melody betrachtete das Schmuckstück an ihrem Zeigefinger. Der Stein leuchtete nicht, aber er fühlte sich ganz warm an. „Was weißt du darüber?", fragte sie.

„*Eigentlich gar nichts*", gab Agravain zu. „*Nur dass ich ihn irgendwie fühlen kann. Warum das so ist, kann ich dir aber auch nicht sagen. Verstehst du das?*"

„Nein", gab Melody zu. Der Ring gab Rätsel auf. Und der Einzige, der womöglich Antworten auf ihre Fragen gewusst hätte, war auf unbestimmte Zeit verreist. „Ich weiß nur, dass uns der Ring zusammengeführt hat."

Sie stand auf und trat zum Fenster. Ihre Knie waren butterweich. Das Gras auf den Hügeln leuchtete silbern im Mondlicht. Darüber funkelten die Sterne.

„*Wunderschön*", sagte Agravain, der sich zu ihr gesellt hatte, leise. Damit er hinaussehen konnte, hatte er sich auf die Hinterläufe gestellt. Mit den Vorderkrallen stützte er sich auf der Fensterbank ab.

„Da draußen habe ich dich gefunden", erklärte Melody und deutete zu den Hügeln, hinter denen sich der alte Steinkreis befand. „Genau genommen nicht dich, sondern das Ei, aus dem du geschlüpft bist. Es war dort im Boden vergraben."

„*Wie bist du darauf gestoßen?*"

„Der Ring", erklärte Melody. „Er hat mich hingeführt. Da war dieses Leuchten, und dort, wo es am stärksten war, fand ich dich."

Agravain erwiderte nichts darauf, aber Melody

glaubte zu fühlen, dass sich etwas veränderte. „Was hast du?", wollte sie wissen. „Habe ich etwas Falsches gesagt?"

„*Nein*", versicherte Agravain. „*Ich bin mir nicht sicher, ob ich gefunden werden sollte.*"

„Ob du gefunden werden solltest?" Melody blickte ihn erschrocken an. „Du meinst, man hat dich absichtlich versteckt?" Sie bekam eine Gänsehaut.

„*Es wäre möglich*", gab Agravain zu. „*Aber das ist jetzt nicht mehr wichtig. Du hast mich gefunden und deshalb ist es meine Pflicht, bei dir zu bleiben.*"

„Nein, das musst du nicht", versicherte Melody. „Du bist frei."

Der Greif wandte den Kopf und sah sie durchdringend aus seinen dunklen Augen an. „*Es ist meine Pflicht*", wiederholte er und klang dabei sehr viel älter, als seine kindliche Stimme verriet. „*Es fühlt sich richtig an*", fügte er hinzu. „*Weißt du, wie das ist, wenn sich etwas richtig anfühlt?*"

„Schon eine ganze Weile nicht mehr", gestand Melody. „In letzter Zeit mache ich irgendwie alles falsch und enttäusche alle."

„*Mich nicht*", versicherte Agravain.

Noch eine Weile blieben sie so beieinander stehen und blickten in die Nacht hinaus.

Mondlicht

Die Stunden in der Schule gingen quälend langsam, aber ohne Zwischenfälle vorbei. Ashley McLusky ließ sie an diesem Vormittag nicht nur in Ruhe, sondern schien einen weiten Bogen um Melody zu machen. Die unverhoffte Begegnung mit Agravain schien ihr einen gehörigen Schrecken eingejagt zu haben, was Melody nur recht sein konnte.

Da es ein Freitag war, war früher Unterrichtsschluss, und Melody fuhr gleich nach Hause, um ihr Versprechen einzulösen und ihrer Granny zu helfen. Roddy kam ebenfalls mit – einerseits, um ebenfalls mit Hand anzulegen, andererseits wegen Agravain. Roddy konnte kaum glauben, was Melody ihm erzählt hatte, und wollte mit eigenen Augen sehen, wie sie und der Greif sich ohne Worte verständigten. Wobei, zu sehen gab es dabei ja eigentlich nichts. Aber genau das wollte Roddy eben sehen.

Zeit für eine ausführliche Vorführung blieb allerdings nicht. Den Nachmittag verbrachten sie damit, im Keller des Stone Inn zu stöbern und eine Kiste nach der anderen zu packen. Während Agravain auf einer Decke kauerte und vor sich hin döste, beförderten Melody und Roddy Dinge zutage, die Melody völlig vergessen hatte: einen Drachen, den sie vor zig Jahren einmal gebastelt hatte; ihr altes Halloweenkostüm, in dem sie von Haus zu Haus gezogen war; die Plastikblumen, die sie Granny Fay zum Geburtstag geschenkt hatte, weil sie nie verwelkten, und auch das alte Radio, das sie als kleines Mädchen für einen Zauberkasten gehalten hatte, weil so viele Leute drin waren.

Der Vergangenheit auf diese Weise zu begegnen, war seltsam, und es machte Melody klar, wie viel Zeit seit damals vergangen war. Wenn man Tag für Tag, jahraus, jahrein zur Schule ging, dachte man nicht darüber nach, wie viel sich veränderte. Aber eins war klar: Melody war nicht mehr das kleine Mädchen, das vor dem Radio tanzte und sich vor einem Publikum verbeugte, das gar nicht da war.

„Und was ist das?", rief Roddy, der aus dem hintersten Winkel eines Regals eine alte Blechschachtel hervorgezogen hatte. Sie sah ziemlich mitgenommen aus, die Farbe war an den Ecken abgeblättert.

„Das sind bloß alte Fotos", sagte Melody. „Von meinen Eltern und so", fügte sie leiser hinzu.

„Warum sind die hier unten im Keller? Magst du sie dir nicht ab und zu ansehen? Also, wenn ich du wäre ..." Er hatte die Schachtel vor sich auf einen Stapel Kartons gestellt und wollte sie öffnen.

„Nicht!", sagte Melody.

„Was? Wieso nicht?"

„Weil ..." Sie blieb eine Antwort schuldig und blickte zu Boden. „Weil ich mir diese Bilder lange nicht angesehen habe", sagte sie dann. „Es gibt einen Grund dafür, dass sie hier unten sind."

„Ach so?" Roddy ließ den Deckel zu, schaute sie aber fragend an. „Und welchen?"

„Na ja", meinte Melody, die eigentlich nicht über das Thema sprechen wollte. „Früher habe ich sie mir oft angesehen, aber es hat mich immer so traurig gemacht. Also hat Granny Fay sie irgendwann weggeräumt. Sie meinte, wir könnten sie ja wieder holen, wenn ich alt genug dafür wäre."

„Und?", fragte Roddy.

„Seitdem hab ich sie mir nie mehr angesehen." Melody lächelte gequält. „Bin wohl noch nicht alt genug."

„Weißt du denn überhaupt noch, wie deine Eltern ausgesehen haben?"

„Schon", versicherte Melody, „ein bisschen. Ich war ja noch sehr klein damals, als das Schiff unterging."

„Vermisst du sie?", fragte Roddy leise.

„Ich weiß nicht." Melody zuckte mit den Schultern. „Manchmal versuche ich mir vorzustellen, wie es wäre, eine Mom und einen Dad zu haben. Aber dann komme ich mir wieder ganz schlecht deswegen vor."

„Wieso das denn?"

„Weil doch meine Granny meine Familie ist. Sie hat sich um mich gekümmert und mich großgezogen und deshalb will ich jetzt für sie da sein."

„Das kann ich gut verstehen", versicherte Roddy und drückte den Deckel wieder fest auf die Schachtel. „Tut mir leid."

„Das konntest du ja nicht wissen." Melody lächelte.

„Vielleicht kommt ja irgendwann der Tag, an dem du die Schachtel aufmachst und dir die Bilder wieder ansiehst."

„Vielleicht", gab sie zu. „Aber nicht heute."

Sie nahm die Schachtel und legte sie zuoberst in einen Karton, den sie gerade fertig gepackt hatten. Sie verschlossen ihn mit Klebeband und trugen ihn dann zu den anderen, insgesamt achtzehn Kisten, die das enthielten, was sich zuvor hier angesammelt hatte.

„Wohin kommt das alles?", wollte Roddy wissen.

„Zunächst mal in das alte Lagerhaus unten am Hafen", erklärte Melody. „Granny kennt den Besitzer. Er hat uns erlaubt, unsere Sachen dort unterzustellen, bis wir eine neue Bleibe gefunden haben."

„Und … wenn ihr keine findet?"

„Dann müssen wir die Insel verlassen", erwiderte Melody gepresst.

„Ich möchte aber nicht, dass ihr die Insel verlasst", flüsterte Roddy.

„Ich auch nicht", versicherte Melody.

Gemeinsam nahmen sie sich die nächste Kiste vor. Draußen dämmerte es bereits, und je später es wurde, desto wacher schien Agravain zu werden. Zunächst begnügte er sich damit, auf der Decke zu bleiben und mit einem Ball zu spielen, den Melody ihm hingelegt hatte. Irgendwann jedoch sprang er auf und sah Melody herausfordernd an.

„*Lass mich raus*", verlangte er.

„Noch nicht", wehrte sie ab. „Es ist noch zu früh."

„Zu früh wofür?", fragte Roddy mit großen Augen.

„Entschuldige." Melody winkte ab. „Ich hab nicht dich gemeint, sondern Agravain."

„Hat … hat er gerade mit dir geredet?" Roddys Blicke hüpften zwischen Melody und dem Greifen hin und her. Seine Brille bebte dabei.

„Mhm."

„Und was wollte er?"

„Raus", erklärte Melody. „Aber es ist noch nicht dunkel genug. Man könnte ihn sehen."

„*Ich muss aber raus*", behauptete Agravain.

„Später", beharrte Melody.

„Das ist aber echt abgefahren, wisst ihr das?", sagte Roddy. „Ich meine, das ist Gedankenübertragung, Telepathie!"

„Willst du's auch mal versuchen?" Melody zog den Ring von ihrem Zeigefinger und gab ihn Roddy, der ihn sich ansteckte. „Jetzt sag was", forderte sie ihn auf.

„Äh, hallo, Agravain", sagte Roddy hölzern.

Der Greif sah ihn an, aber es kam keine Antwort.

„Nichts", sagte Roddy.

„Versuch's noch mal."

„Hallo, Agravain", wiederholte Roddy. „Geht es dir gut?"

Wieder keine Antwort.

„Dann eben nicht", meinte Roddy und wurde ein bisschen rot. „Er spricht wohl nicht mit jedem." Rasch gab er Melody den Ring zurück und sie steckte ihn wieder an.

„Was soll das?", fragte sie Agravain.

„Was meinst du?"

„Warum antwortest du Roddy nicht?"

„Aber das habe ich doch!"

„Du hast ihm geantwortet?"

„Sicher – aber er hat mich wohl nicht verstanden."

„Aber ich dachte, es liegt an dem Ring?"

„Das dachte ich auch", gab Agravain zu.

„Seltsam", sagte Melody.

„Und das ist nicht alles: Etwas stimmt nicht", sagte der Greif. *„Ich muss gehen."*

„Ja, bald", versuchte Melody ihn zu vertrösten. „Halt deinen Hunger noch ein kleines bisschen zurück, dann ..."

„Du verstehst nicht", unterbrach Agravain. *„Es geht nicht um Futter. Da draußen ruft mich etwas."*

„Es ruft dich?", wiederholte Melody. Nun wurde ihr doch ein wenig unheimlich zumute.

„Der Ruf kommt von den Hügeln. Aus der Nähe des alten Steinkreises, in dem du mich gefunden hast. Dorthin muss ich."

„Warum?"

„Das kann ich dir auch nicht sagen." Agravain war zusehends unruhiger geworden, wie ein Raubtier, das Witterung aufgenommen hat. Seine Pfoten scharrten auf der Decke, sein Kopf pendelte hin und her. *„Irgendetwas ruft mich dorthin, lauter und lauter – so wie der Ring dich gerufen hat."*

Melody betrachtete das Schmuckstück an ihrem Finger. Bildete sie es sich nur ein oder konnte auch sie plötzlich spüren, dass dort draußen etwas war?

„Lass mich gehen", forderte Agravain, der jetzt lautlos hin und her huschte wie ein Tiger im Käfig.

Melody dachte kurz nach. „Einverstanden", erklärte sie dann. „Aber wir kommen mit."

„Wohin?", wollte Roddy jetzt wissen.

„Zum alten Steinkreis", eröffnete sie. „Wir werden Agravain begleiten."

„Was? Du willst noch mal dorthin?" Roddy schauderte. „Muss das denn unbedingt sein?"

Melody blickte zu Agravain, der sie drängend ansah. „Ich fürchte schon. Aber du musst ja nicht mitkommen, wenn du nicht willst."

„Blödsinn", knurrte der Junge und war in diesem Moment ein kleines bisschen eifersüchtig, auch wenn er selbst nicht genau wusste, warum. „Natürlich komm ich mit. Ist doch logisch."

Sie warteten noch ab, bis es ein wenig dunkler geworden war. Dann nahmen sie den Hinterausgang zum Garten und schlichen hinaus in die Nacht.

Kaum unter freiem Himmel, breitete Agravain seine Flügel aus und schwang sich in die Luft. Melody und Roddy holten ihre Fahrräder. So weit sie konnten, strampelten sie den Schotterweg hinauf, dann schoben sie ihre Räder zu den Ruinen. Agravain war schon vor ihnen angekommen und saß auf einem der hohen Felsblöcke.

„Und jetzt?", fragte Roddy trocken.

„Pssst", machte Melody und blickte zu Agravain hinauf. Er hatte die Flügel ausgebreitet und verharrte unbewegt vor der leuchtenden Scheibe des Mondes. Er sah aus wie eine Statue, stolz und Respekt gebietend.

„Wow!", machte Roddy.

Sie warteten, bis sich der Greif wieder rührte. „Ist alles in Ordnung?", fragte Melody dann.

„Hier ist es gewesen", erwiderte Agravain.

„Was meinst du?"

„Das ist an t-àite seann", antwortete Agravain.

„Der alte Ort", übersetzte Melody flüsternd.

„Vor langer Zeit haben hier Versammlungen von Druiden stattgefunden. Sie haben den Wesen der Anderwelt gehuldigt, unter ihnen auch den Greifen. Aber dann kam die Große Dunkelheit und ein schreckliches Blutvergießen hat diesen Boden entweiht."

„Ein schreckliches Blutvergießen?", wiederholte Melody erschreckt – und das war alles, was Roddy zu hören brauchte.

„Blutvergießen?", echote er aufgeregt. „Also hatte mein Vater doch Recht?"

Melody hörte gar nicht hin. „Woher weißt du das alles?", wollte sie stattdessen von Agravain wissen.

„Ich weiß es einfach. An diesem Ort ... ist die Erinnerung sehr lebendig. Es war ein Hinterhalt, ein gemeiner Verrat ... Obwohl das alles vor Jahrhunderten geschah, kann ich den Gestank des Unrechts noch immer riechen."

„Was ist passiert?", fragte Melody atemlos.

„Sie waren in der Überzahl ... Der Greif hat tapfer gekämpft und sie in die Flucht geschlagen ... Aber er

wurde schwer verwundet und ist hier gestorben ... Genau hier, am Fuß dieses Steins."

„Und genau hier ist es gewesen, wo wir dich ... ich meine, das Ei gefunden haben", berichtete Melody. „Und auf dem Boden waren leuchtende Umrisse zu sehen."

„Was für Umrisse?"

„Es war ein Skelett", erklärte Melody leise. „Die sterblichen Überreste eines großen Tieres. Damals wussten wir nicht, was es war. Aber ich fürchte, es könnte ein Greif ..."

Sie verstummte, als sie die Tränen sah, die im Mondlicht in Agravains dunklen Augen schimmerten. Und im nächsten Moment begriff sie den Zusammenhang.

„Agravain", sagte sie leise. „War dieser Greif, der hier vor langer Zeit gestorben ist ... deine Mutter?"

„Ja."

„Das tut mir leid", versicherte Melody, die den Schmerz ihres geflügelten Freundes spüren konnte.

„Sie ist hier gewesen, ich kann es fühlen ... Sie hat tapfer gekämpft bis zuletzt."

„Gegen wen?", wollte Melody wissen.

„Es war ein Kampf zwischen Licht und Finsternis, ein letzter verzweifelter Zusammenstoß zwischen ihr und ..."

Agravain unterbrach sich plötzlich, seine Stimme verhallte in Melodys Kopf.

„Agravain?", fragte sie. „Was ist?"

Der Greif legte den Kopf in den Nacken, lauschte und witterte. *„Gefahr"*, flüsterte er. *„Wir sollten nicht hier sein."*

„Warum nicht?"

„Weil ... ES EINE FALLE IST!"

Die letzten Worte hallten so laut durch ihren Kopf, dass sich Melody im Reflex die Ohren zuhielt, obwohl das gar nichts nützte. Roddy schnappte erschrocken nach Luft.

In diesem Moment wurden die Schatten der Nacht lebendig. Sie lösten sich von den steinernen Pfeilern, hinter denen sie gelauert hatten – unheimliche Gestalten, die schwarze Mäntel trugen und Hüte, die ihre Gesichter verdeckten.

„Flieht!", rief Agravain und schwang sich in die Luft.

Durch die Nacht

Melody und Roddy wichen zurück.

Die Männer kamen auf sie zu – fünf dunkle Gestalten, die das Mondlicht zu schlucken schienen.

„Weg hier!", rief Melody. Sie und Roddy rannten davon, zum Rand des Steinkreises.

„Stehen bleiben!", rief einer der Männer, doch die beiden kümmerten sich nicht darum. Hals über Kopf stürzten sie zu ihren Fahrrädern und schoben sie im Laufschritt an. Aus dem Augenwinkel konnte Melody erkennen, wie die Schattenmänner aufholten.

„Schneller", raunte sie Roddy zu.

So rasch sie konnten, rannten die beiden über die Wiese, nicht den Hügel hinauf, sondern an seinem Fuß entlang, wo das Gelände flacher war und sie schneller vorankamen.

Die Verfolger kamen trotzdem immer näher. Schon konnte Melody ihr Keuchen hören, sah, wie sie die Arme ausstreckten, um nach ihnen zu greifen ...

„Los!", wies sie Roddy an und beide sprangen im Laufen auf ihre Fahrräder und traten in die Pedale.

Ihre Verfolger fielen rasch zurück und es schien so, als würden sie die Jagd aufgeben. Doch die Erleichterung währte nur kurz, denn plötzlich war jenseits des Hügels Motorenlärm zu hören und gleich darauf schoss ein bulliger Geländewagen über die Kuppe.

Die Scheinwerfer des Fahrzeugs durchschnitten die Nacht und erfassten Melody und Roddy, die gehofft hatten, sich zum Stone Inn durchschlagen zu können. Doch nun war ihnen der Weg abgeschnitten!

„Zum Wald!", schrie Roddy. Sie brachen mit ihren Fahrrädern zur Seite aus und hielten auf die nahen Bäume zu, während der Jeep hinter ihnen Vollgas gab.

„Wer sind diese Kerle?"

„Weiß ich nicht!", rief Melody mit einem Blick über die Schulter. „Aber sie haben uns gleich!"

Das Scheinwerferlicht blendete sie, der Jeep kam mit röhrendem Motor heran und hätte Melody und Roddy im nächsten Moment eingeholt, wäre nicht plötzlich etwas aus dem dunklen Himmel herabgefallen und auf der flachen Motorhaube gelandet.

„Agravain!", schrie Melody.

Der Greif schlug mit den Flügeln, während er sich

mit allen vieren festklammerte. Zunächst war nicht klar, was er damit bezweckte, aber als der Jeep plötzlich zu schlingern begann, begriff Melody: Agravain nahm dem Fahrer die Sicht!

„Nicht!", brüllte sie aus Angst um Agravain, aber der Greif krallte sich weiter fest, während der Wagen immer noch wildere Haken schlug.

„Flieh, Melody! Flieh!", hörte sie Agravains Stimme in ihrem Kopf und trat weiter in die Pedale. Inzwischen hatten sie den Waldrand fast erreicht und fuhren in einem raschen Slalom, um den vielen Sumpflöchern auszuweichen, die im Gras klafften und dem Jeep zum Verhängnis wurden.

Denn der Fahrer, der ja nichts sehen konnte, steuerte den Wagen geradewegs in eines der Löcher. Alles ging so schnell, dass das Auge kaum folgen konnte: Als der Geländewagen über den Rand des Sumpflochs schoss, sprang Agravain mit mächtigem Flügelschlag in die Höhe und entschwand in die Nacht, während der Jeep mit den Vorderrädern eintauchte und sich mit der ganzen Wucht seiner Geschwindigkeit überschlug.

Wasser spritzte nach allen Seiten, der Wagen blieb auf dem Dach liegen und langsam krochen zwei dunkle Gestalten daraus hervor. Sie waren durchnässt bis auf die Haut und fluchten so laut, dass man es bis zum Waldrand hören konnte.

Melody und Roddy stießen ein Triumphgeheul aus – zu früh, denn vom Steinkreis kamen die anderen Schattenmänner angerannt, und Melody glaubte sogar, in der Hand des einen eine Pistole blitzen zu sehen.

„Schnell, in den Wald!", rief sie zu Roddy hinüber.

Auf ihren Fahrrädern schlängelten sie sich zwischen den schlanken Bäumen hindurch, die wie dunkle Wächter aufragten, und im nächsten Moment hatte der nächtliche Wald sie verschlungen.

„Weiter! Immer weiter!", hörte Melody in ihrem Kopf.

„Agravain!" Sie blickte nach oben, sah den Greifen als grauen Schatten über sich. „Gott sei Dank ist dir nichts passiert!"

„Zum Glück sind diese Typen genauso dumm wie gefährlich", sagte der Greif. *„Fahrt weiter, nur nicht schlappmachen!"*

„Können wir ... nicht mal ... 'ne Pause einlegen?", fragte Roddy keuchend.

„Nein, wir müssen weiter", beharrte Melody und fuhr auf dem schmalen Pfad voraus.

Die Lampen an ihren Fahrrädern hatten sie ausgemacht, damit der Lichtschein sie nicht verriet; entsprechend schwer war das Vorankommen. Ein paarmal wären sie in der Dunkelheit fast gestürzt, als sie über Wurzeln oder abgebrochene Äste fuhren; herabhängende Zweige zerkratzten ihnen die Gesichter. Dennoch strampelten sie weiter und gelangten immer tiefer in die Wälder der Clauchland Hills.

Irgendwann waren sie ringsum nur noch von dunklem Gehölz umgeben, das so undurchdringlich schien wie eine Mauer. Hier erst stiegen sie ab und sanken über den Lenkern zusammen. Es dauerte eine Weile, bis sie wieder richtig Luft bekamen.

„Ich kann nicht mehr", erklärte Roddy kategorisch.

„Es ist nicht mehr weit", tröstete Agravain, der irgendwo über ihnen war. *„Nur noch ein Stück."*

„Wohin führst du uns?", fragte Melody.

„Zu einem sicheren Versteck."

„Woher willst du wissen, dass es sicher ist? Du bist doch vorher noch nie hier gewesen!"

„Ich weiß es einfach, vertraut mir", antwortete der Greif – und Melody vertraute ihm tatsächlich.

Inzwischen war es so dunkel geworden und der Wald so dicht, dass sie nur noch zu Fuß weiterkonnten. Melody und Roddy schoben ihre Räder den Pfad entlang, den Agravain ihnen zeigte. Aus irgendeinem Grund schien er sich tatsächlich auszukennen, auch wenn er noch nie zuvor an diesem Ort gewesen war.

„Ich möchte nur mal wissen, wohin das jetzt gehen soll!", brummte Roddy.

„Wir sind gleich da, nur noch ein kurzes Stück."

„Er sagt, dass es nicht mehr weit ist", übersetzte

Melody, was sie in ihren Gedanken hörte. „*Nur noch ein kurzes St...*"

Die letzte Silbe blieb ihr im Hals stecken wie ein klebriger Marshmallow. Denn plötzlich lichtete sich der Wald und aus der Dunkelheit tauchten eine Mauer und drei halb verfallene Türme auf, die sich wie dürre Knochenfinger im Mondlicht abzeichneten. Das Gemäuer war uralt und von Moos und Farn überwuchert.

„Was ist das?", fragte Melody, die abrupt stehen geblieben war. „Diese Ruine habe ich noch nie gesehen – und ich kenne die Gegend hier ziemlich gut."

„Diese Mauern hat kaum ein Mensch jemals gesehen", teilte Agravain gelassen mit. Flügelschlagend sank er aus dem Nachthimmel herab und landete weich auf dem moosbedeckten Boden. *„Sie gehören zur Anderwelt."*

„Zur Anderwelt?", fragte Melody. „Das Wort hast du schon einmal erwähnt, was bedeutet das?"

„Hast du denn noch nie von der Anderwelt gehört?"

„Na ja", meinte Melody, „meine Granny hat mir früher manchmal Märchen erzählt, wenn ich nicht einschlafen konnte, Geschichten aus der Anderwelt. Aber ich hätte nie geglaubt …"

„… *dass die Anderwelt tatsächlich existiert?"* Agravain schnaubte verächtlich. *„Ihr Menschen glaubt einfach nicht, was ihr nicht seht, oder?"*

„Da kannst du Recht haben." Melody zuckte ratlos mit den Schultern.

„Das sind keine Geschichten. Die Anderwelt gibt es, ich bin der Beweis. Einst wussten das die Menschen, aber das Wissen um diese Dinge ist verloren gegangen, ebenso wie die Verbindung zur Anderwelt. Doch in Nächten wie diesen ist sie noch immer sehr stark."

„In Nächten wie diesen? Du meinst bei Vollmond?"

„Die Welt der Menschen und die der Anderwesen sind sich in diesen Nächten besonders nah", bestätigte Agravain. *„Für den, der bereit ist zu sehen, offenbaren sich in diesen Nächten Dinge, die andere Menschen für unmöglich halten. In einer solchen Nacht kamen die Greife einst in die Welt der Menschen – und auch ihre Feinde"*, fügte er traurig hinzu.

„Die Kerle, die uns verfolgt haben, waren aber nicht aus der Anderwelt", war Melody überzeugt, „sondern aus Fleisch und Blut."

„Aber unheimlich waren sie trotzdem", sagte Roddy schaudernd, der ja nicht wusste, was Agravain gerade gesagt hatte.

„Vermutlich gehören sie zu McLuskys Verbrecherbande", vermutete Melody. „Würde ihm jedenfalls ähnlich sehen."

„Ich fürchte, euer Mr McLusky hat nichts mit diesen Typen zu tun", sagte Agravain, der ein Stück vorausgegangen war, um die Festung zu erkunden. *„Diese Leute sind noch um vieles dunkler und gefährlicher. Wenn wir denen in die Hände fallen, sind wir so gut wie tot."*

„O…okay", sagte Melody leise.

„Was hat er gesagt?", fragte Roddy.

„Das willst du nicht wissen", war sie überzeugt.

„Und wenn doch?"

„Dann würde ich dir sagen, dass die Kerle von vorhin uns umbringen wollten."

„Stimmt", meinte Roddy und hielt seine Brille fest, die auf seiner Nase hin- und herzurutschen begann, „das will ich echt nicht wissen."

„Was sollen wir jetzt tun?", wandte sich Melody wieder an Agravain. Sie konnte es kaum glauben: Vor wenigen Tagen war er noch ein hilfloses Küken gewesen, das ihre Pflege brauchte. Und jetzt beschützte er sie!

„Ihr solltet euch hier in der Ruine verstecken."

„Du meinst, dass sie uns noch immer auf den Fersen sind?"

„Sie können gar nicht anders, denn sie haben es geschworen", erwiderte Agravain rätselhaft.

„Woher weißt du das alles?", wollte Melody wissen. „Und woher kennst du diese Burg? Bist du doch schon einmal hier gewesen?"

„Ja – und nein." Mit diesen geheimnisvollen Worten erhob er sich in die Luft und schien dabei auf einmal größer und mächtiger als zuvor. *„Geht in die Burg. Ich werde sehen, ob ich sie von hier weglocken kann."*

„Sei vorsichtig!", rief Melody ihm noch hinterher, doch seine Silhouette war bereits mit der Dunkelheit verschmolzen und der Nachtwind trug seinen Flügelschlag davon.

„Er will, dass wir uns da drin verstecken", sagte Melody zu Roddy.

„Das ist doch nicht sein Ernst, oder?"

„Ich fürchte, doch."

Melody trat vor. Mit weichen Knien schob sie das Fahrrad durch das Burgtor. Farn wucherte auf dem alten Gestein und hing bis zum Boden, sodass er eine Art natürlichen Vorhang bildete. Beherzt schlug Melody das Geflecht beiseite und stand im Innenhof der Ruine.

Nur, dass es jetzt keine Ruine mehr war.

Die Mauern, die ringsum aufragten, waren so makellos, als wären die Steine eben erst aneinandergefügt worden. Die Türme – ein großer Wohnturm sowie zwei Wachtürme – waren nicht verfallen, sondern reckten sich trutzig und wehrhaft dem vollen Mond entgegen. Fehlten eigentlich nur noch ein paar Ritter auf ihren Pferden.

„Roddy?", rief Melody leise.

„Was ist?", kam es von jenseits des Burgtors.

„Das glaubst du nicht."

„Was hast du gefunden? Ein versteinertes Autogramm von den Beatles?"

„Besser", versicherte Melody, die sich noch immer staunend umblickte.

„Na schön." Man konnte hören, wie Roddy sein Fahrrad zu schieben begann. Das Vorderrad quietschte, weil es eine unsanfte Begegnung mit einem Wurzelstock gehabt hatte. „Aber wehe, das stimmt nicht, dann …" Er hatte den Innenhof kaum betreten, als er verstummte.

„Das ist echt nicht zu glauben", sagte er dann.

„Die Anderwelt", flüsterte Melody.

„Und hier sollen wir uns verstecken?"

Sie nickte. „Die Fahrräder stellen wir am besten dort drüben im Pferdestall unter. Und dann ..." Sie verstummte und blieb plötzlich stehen.

„Was ist?", fragte Roddy.

„Der Ring", meldete Melody und hob ihre Hand. „Er leuchtet wieder."

Die Kammer

Sie folgten dem Ring. Genau wie in der Nacht am Steinkreis schien sein Leuchten ihnen den Weg zu weisen. Aus dem Innenhof der Burg führte es sie in den Hauptturm. Von dort aus wand sich eine Treppe steil in die Tiefe. Und mit jeder Stufe, die sie hinabstiegen, nahm das Leuchten des Steins zu.

„Wohin uns das Licht wohl führt?", fragte sich Melody.

„Wohin es auch geht, ich hab kein gutes Gefühl dabei", meldete Roddy. „Wir sollten nach Hause gehen."

„Und diesen Manteltypen in die Arme laufen? Ich glaube, das wäre keine gute Idee."

„Wir wissen ja noch nicht mal, wer die sind. Vielleicht kann man mit ihnen reden und …"

Melody blieb auf der Treppe stehen und drehte sich zu Roddy um. „Ist das dein Ernst?"

„Nein", gab er zu. „Aber diese Sache ist mir unheimlich, ganz ehrlich."

„Mir auch", stimmte Melody zu. „Aber wir müssen Agravain vertrauen."

„Du hast gut reden", maulte Roddy vor sich hin, während sie vorsichtig weitergingen. „Du verstehst ja wenigstens, was er sagt. Ich dagegen …"

Plötzlich hielt Melody inne.

„Was ist los?", fragte Roddy.

„Die Treppe ist zu Ende."

Tatsächlich hatten sie den Kellerboden erreicht. Ein gemauerter Gang erstreckte sich vor ihnen, der so lang war, dass der Schein des Rings nicht ausreichte, um ihn ganz zu erhellen.

„Sieht wie ein Verlies aus", kommentierte Roddy säuerlich. „Oder eine Gruft oder so was."

Melody warf einen Blick auf den Stein. Das Leuchten war erneut stärker geworden, aber sie schienen noch nicht am Ziel zu sein. Vorsichtig schlichen sie durch das Gewölbe, in dem man aufrecht stehen konnte. Die Luft war schlecht und roch nach Moder. Decke und Wände waren von Moos bedeckt, und hier und dort ragten auch Wurzeln aus dem Mauerwerk, die von außen hereingewachsen waren.

Als der Gang sich teilte, wies ihnen der Ring den

Weg: Als sie sich nach links wandten, nahm das Leuchten rasch ab, zur rechten Seite hin verstärkte es sich. Sie gingen in dieser Richtung weiter, bis das Gewölbe in einer Sackgasse endete.

„Endstation", stellte Roddy fest. „Wir müssen umkehren."

„Nicht so schnell", verlangte Melody. „Immerhin leuchtet der Ring noch. Er will uns noch was sagen."

Sie suchten die bemooste Wand ab – und wurden fündig.

„Sieh dir das an!", rief Melody aus. „Hier ist ein Zeichen ins Gestein gemeißelt."

„Was? Lass sehen!"

Gemeinsam befreiten sie die Wand von Moos. Darunter kam das rätselhafte Klauensymbol zum Vorschein, das auch in den Ring eingraviert war.

„Könnte reiner Zufall sein", gab Roddy stirnrunzelnd zu bedenken.

„Oder auch nicht", wandte Melody ein.

Einer plötzlichen Eingebung gehorchend, nahm sie den Ring vom Finger und hielt ihn vor das Symbol. Daraufhin begann er noch stärker zu leuchten, ein Lichtstrahl sprang auf das Zeichen über und brachte es ebenfalls zum Leuchten.

„Boah!", machte Roddy beeindruckt. Da begann es laut zu knirschen und zu knacken – und plötzlich bewegte sich die Wand.

„Es ist eine Tür!", rief Melody aufgeregt.

Tatsächlich: Ganz langsam glitt die Wand zur Seite und verschwand in der Mauer. Im Schein des Rings konnten sie erkennen, dass hinter der Öffnung eine Kammer lag.

„Ich tick gleich aus", flüsterte Roddy.

Die beiden wechselten einen Blick, dann betraten sie vorsichtig die Kammer. Sie war fast kreisrund und hatte eine gewölbte Decke, in deren Mitte es eine Öffnung gab. Mondlicht fiel von oben herein auf einen länglichen Steinblock, der sich in der Mitte des Raumes befand, knapp einen Meter hoch und breit und etwa doppelt so lang. Entlang der Wände standen Statuen von Rittern, die ihre Schwerter und Schilde präsentierten. Darauf waren verschiedene Wappentiere zu erkennen – Löwen, Pferde, Adler und andere.

„Sieh dir das an", flüsterte Melody. Die Oberseite des Steinblocks hatte die Form eines liegenden Ritters, der aussah, als ob er schliefe. Der Schild, der über seiner Brust lag, trug das Klauensymbol.

„D...das ist ein Sarkophag!", dämmerte es Roddy.

„Sarko...was?"

„Ein Sarkophag", wiederholte Roddy, stammelnd vor Aufregung. „Ein steinerner Sarg, verstehst du? Da liegt einer drin! Mensch, Mel, ich hab's geahnt! Das ist eine unterirdische Gruft, ein Friedhof!"

Melody nickte. Der Gedanke gefiel ihr nicht gerade,

aber ihre Neugier überwog. „Und warum hat uns der Ring hierhergeführt?"

„Keine Ahnung. Ich weiß nur, dass wir wieder verschwinden sollten! Und zwar schnell!"

„Jetzt mal langsam", sagte Melody. „Zuerst möchte ich wissen, wer das hier ist." Sie deutete auf den steinernen Ritter. „Wer liegt hier begraben? Und was haben wir hier zu suchen?"

Sie erstarrte in der Bewegung. Unwillkürlich wollte sie über den kühlen Stein des Sarkophags streichen. Doch im selben Augenblick, da ihre Hand den steinernen Wappenschild berührte, begann der Ring auf einmal so grell zu leuchten wie in jener Nacht, als sie das Greifenei gefunden hatten. Und mit einem Schlag war Melody nicht mehr dieselbe.

Ihre Hand ruhte auf dem Sarg, aber sie bekam nichts mehr von dem mit, was um sie herum geschah. Weder sah sie, wie Roddy aufgeregt hin- und herlief, noch hörte sie, wie er ihren Namen rief. Stattdessen ging ihr Blick tief in die Vergangenheit. Und was sie dort sah, raubte ihr den Atem.

Es waren Greife.

Unzählige der Ehrfurcht gebietenden Tiere verdunkelten mit ihren Schwingen den morgenroten Himmel, Geschöpfe von der Anmut eines Adlers und der Majestät eines Löwen. Ihr Flügelschlag ließ die Luft erzittern.

Dann erklang ein schriller Ruf, und die Greife, die eben noch wild durcheinandergeflogen waren, formierten sich. Innerhalb weniger Augenblicke sammelten sie sich hinter einem besonders großen und mächtigen Tier, das an ihrer Spitze flog. Als einziges von ihnen trug es Zaumzeug und einen Sattel, und in diesem Sattel saß – Melody traute ihren Augen kaum – ein Ritter.

Seine Rüstung blitzte in der Morgensonne, ein blauer Umhang umwehte seine Gestalt. Sein blauer Schild trug die Kralle als Wappenzeichen.

Sein Helmvisier stand offen, sodass Melody die freundlichen Augen des Ritters sehen konnte. Als Nächstes fiel ihr Blick auf die Hand, in der er den Zügel hielt – und zu ihrer Überraschung erblickte sie den Ring mit dem leuchtenden Stein.

Ihren Ring!

Mit der freien Hand schloss der Ritter das Visier. Dann griff er an seinen Gürtel und zog sein Schwert. „Angriff!", rief er mit Donnerstimme und sofort spreizten die Greife ihre Krallen und gaben ein gellendes Kreischen von sich.

Sie zogen in eine Schlacht – und der Feind wartete bereits. Melody fühlte schneidende Kälte. Der Himmel verfinsterte sich, und in der Ferne konnte sie ein weiteres fliegendes Heer erkennen, das sich wie eine dunkle Wolke am Horizont ballte. Starr vor Schreck sah Melody zu, wie sich schwarze Leiber wanden und mit ihren riesigen Fledermausflügeln auf- und abschlugen. Es waren keine Greife, sondern ...

In diesem Moment war die Vision vorbei.

Das Leuchten erlosch, und Melody fand sich in der Grabkammer wieder, wo Roddy panisch ihren Namen schrie.

„Was ist mit dir, Melly! Bitte, tu mir das nicht an ...!"

Sie blickte ihn nur verwundert an. Sein Gesicht war feuerrot, seine Augen glänzten. Hatte er etwa geweint? „Was soll ich dir nicht antun?", fragte sie.

„Melly!" Er sprang auf sie zu und umarmte sie. Dann wischte er sich die Augen. „Gut, dass du wieder da bist."

„Was meinst du damit? Wo soll ich denn gewesen sein?"

„Na ja, du warst hier, aber irgendwie auch nicht, verstehst du? Du warst plötzlich wie versteinert und hast nur noch vor dich hin gestarrt. Und der Ring hat die ganze Zeit über gestrahlt wie verrückt. Richtig gruselig, kann ich dir sagen."

Melody runzelte die Stirn. „Wie lange bin ich denn so gewesen?"

Roddy sah auf die Leuchtziffern seiner Uhr. „Etwa zwanzig Minuten, würde ich sagen."

„Zwanzig Minuten." Jetzt war es Melody, die weiche Knie bekam. Ihr war alles nur wie ein Augenblick vorgekommen. Mit pochendem Herzen sank sie an dem Sarkophag nieder.

„Was war los?", wollte Roddy von ihr wissen.

„Ich weiß nicht ... ich habe plötzlich Bilder gesehen."

„Was für Bilder?"

„Ein Heer von Greifen. Ein Ritter führte sie an, der Himmel war voll von ihnen. Dann wurde es plötzlich dunkel, und ich konnte die feindliche Streitmacht sehen, Untiere, die aussahen wie ..."

„Wie was?", hakte Roddy nach.

„Wie Drachen." Melody fürchtete, dass es sich lächerlich anhören könnte, aber das tat es nicht. Ein kalter Schauer rann ihr den Rücken hinab. „Etwas Schreckliches muss damals geschehen sein", flüsterte sie.

„Du meinst, das alles ist wirklich passiert?"

„Ich glaub schon." Melody nickte. „Und bestimmt hat der Ring, den ich von Mr Clue bekommen habe, früher mal diesem Ritter gehört." Sie betrachtete das Schmuckstück – und plötzlich kam ihr noch ein Gedanke. „Mann", rief sie aus und schlug sich vor die Stirn, „bin ich dämlich!"

„Wieso? Was ist?"

„Ich dachte, dass Agravain der Name des Greifen wäre, aber das ist Blödsinn. Agravain war der Name des Ritters. Weißt du noch, was uns Mr Clue über König Artus und den Greifenritter erzählte? Dieser Greifenritter war kein anderer als Sir Agravain!"

„Na klar!", rief Roddy aus. „Deshalb kam mir der Name so bekannt vor – Sir Agravain war ein Ritter aus König Artus' Tafelrunde, das hab ich mal in einem Film gesehen. Aber wenn es sein Ring war, warum hat er uns dann zu dem Ei geführt?"

„Weil der Greif, auf dem der Ritter in die Schlacht ritt, die Mutter unseres Agravain gewesen ist. Der Ritter und die Greife sind durch den Ring miteinander verbunden."

„Das würde vieles erklären", gab Roddy zu. „Auch, warum uns der Ring in diese Kammer geführt hat."

„Agravain hat uns erzählt, dass am Steinkreis ein blutiger Kampf stattgefunden hat. Er vermutet, dass seine Mutter dort gestorben ist. Aber vorher hat sie dem Ritter noch das Leben gerettet …"

„… der daraufhin auf der Insel geblieben ist und sie nie mehr verlassen hat", fügte Roddy hinzu.

„Aus Verbundenheit zu der Greifin", ergänzte Melody. „Und schließlich ist er in dieser Burg begraben worden."

„So muss es gewesen sein."

Sie schwiegen beide. Zu ergriffen waren sie von der Geschichte des Ritters Agravain und seiner Freundschaft zu der Greifin, zu erschöpft waren sie von ihrer aufregenden Flucht.

Da hörten sie auf einmal die Stimmen.

Entdeckt!

Die Stimmen drangen durch die Öffnung in der Decke, und obwohl sie sich in einer fremden Sprache unterhielten, machte schon der Tonfall klar, dass hier jemand nichts Gutes im Schilde führte.

„Das müssen die Kerle sein, die uns verfolgt haben", flüsterte Roddy, dem der Angstschweiß auf der Stirn stand. „Wahrscheinlich haben sie das Licht gesehen."

Melody und er sahen sich an. Beide hatten sie in diesem Moment denselben Gedanken: Sie saßen hier unten in der Falle!

„Es wird nicht lange dauern, dann fangen sie an, hier alles abzusuchen", war Roddy überzeugt. „Dann sind wir erledigt."

„Wir müssen hier weg", hauchte Melody.

„Ja, aber wohin? Es gibt nur den einen Weg zurück, und wenn wir den nehmen, laufen wir ihnen geradewegs in die Arme."

Melody nickte. Damit hatte Roddy leider nur zu Recht. Ratlos blickte sie auf ihren Ring. Er schien stumpf und erloschen, als wäre nicht das geringste Fünkchen Magie darin. Dennoch schloss sie die Faust ganz fest darum und machte die Augen zu, um sich zu konzentrieren. „Agravain", flüsterte sie.

„Der Kerl hier ist seit mehr als tausend Jahren tot", meinte Roddy. Er deutete auf den Sarkophag, an dessen Fuß sie kauerten. „Ich glaube nicht, dass er uns noch helfen kann."

„Agravain", flüsterte Melody noch einmal.

„Melody?"

„Hallo, Agravain." Melody war erleichtert.

„Was ist denn jetzt wieder?", stammelte Roddy entsetzt. „Spricht er etwa aus der Gruft zu dir?"

„Der andere Agravain", meinte Melody mit einem kleinen Lächeln. Manchmal war Roddy wirklich schwer von Begriff. „Wo bist du?", flüsterte sie.

„Unwichtig. Wie sieht es bei euch aus?"

„Gar nicht gut. Unsere Verfolger haben die Burg gefunden. Sie sind hier."

„Verhaltet euch ganz still. Sie sehen diesen Ort nicht so, wie ihr ihn seht. Mit etwas Glück werden sie euch nicht entdecken."

„Ich fürchte, dazu ist es schon zu spät. Der Ring hat wieder angefangen zu leuchten, das hat sie angelockt."

Es kam keine Antwort. Melody lauschte angestrengt in sich hinein, aber es blieb still.

„Agravain?", fragte sie aus Angst, die Verbindung könnte abgerissen sein.

„Ich bin hier", versicherte der Greif.

„Was sollen wir tun?"

„Verlasst euer Versteck."

„Was? Aber dann …"

„Vertraust du mir?"

Melody brauchte nicht nachzudenken.

„Natürlich."

„Dann geht. Jetzt gleich."

„Verstanden", sagte Melody und erhob sich entschlossen.

„Was hast du vor?", wollte Roddy wissen.

„Agravain sagt, wir sollen nach oben gehen."

„Spinnt der? Da warten die Finstertypen."

„Das weiß ich."

„Bloß weil du neuerdings Stimmen hörst, sollen wir jetzt was völlig Idiotisches machen?"

„Vertraust du mir?", fragte Melody dagegen.

Roddy zögerte nur einen Augenblick. „Also schön", erklärte er sich bereit und rappelte sich auf. „Aber wenn dein Plan schiefgeht und die uns abmurksen, rede ich nie wieder ein Wort mit dir!"

„Einverstanden." Sie musste lächeln, wurde aber gleich wieder ernst. „Roddy?"

„Was denn noch?"

„Tut mir leid. Dass ich dich da mit reingezogen habe, meine ich. Wenn ich gewusst hätte, dass …"

„Hey", unterbrach er sie flüsternd, und ein verschmitztes Grinsen huschte über sein feuerrotes Gesicht. „Ist schon okay. Wofür sind Freunde da?"

Sie beugte sich vor und hauchte ihm einen Kuss auf die Wange. Jetzt wurde er hummerrot. „Ui", machte er.

„Für den besten Freund, den ich habe", sagte sie.

Dann verließen sie Sir Agravains Kammer.

Kaum waren sie zurück im Gang, schloss sich wie von Geisterhand die Geheimtür, und sie huschten die Treppe hinauf. Inzwischen war draußen wieder alles still.

Waren die Schattenmänner wieder abgezogen?

Melody und Roddy schöpften leise Hoffnung. Ganz vorsichtig schlichen sie zum Ausgang, spähten hinaus ins Freie. Im Mondlicht konnten sie den Innenhof der Burg sehen, die Mauern und die beiden anderen Türme. Aber keine Spur von ihren Verfolgern. Die beiden atmeten auf.

Melody war die Erste, die sich ein Herz fasste und in die Nacht hinaustrat – und es schon im nächsten Moment bereute. Denn eine grobe Hand packte sie, und eine zweite legte sich auf ihren Mund und erstickte ihren Schrei.

Roddy erging es nicht besser. Eine zweite Gestalt, die sich reglos neben der Tür postiert hatte, sprang vor und ergriff ihn. Und sosehr Melody und er sich auch wehrten, gegen die rohe Körperkraft ihrer Häscher hatten sie keine Chance.

Sie waren gefangen.

Schwingen der Nacht

Die beiden Männer, die schwarze Mäntel und lederne Handschuhe trugen und die ihre Hüte so tief ins Gesicht gezogen hatten, dass man außer glasig starrenden Augen nichts erkennen konnte, schleppten Melody und Roddy hinüber zu dem Stall, wo sie ihre Fahrräder versteckt hatten.

Dort wurden sie bereits erwartet.

Ein weiterer Vermummter stand dort. Wie seine Kumpane trug er Hut und Mantel. Aber so, wie er sich aufgebaut hatte, breitbeinig und mit im Rücken verschränkten Armen, schien er der Anführer zu sein.

„Wo ist er?", fragte der Mann. Seine Stimme quietschte wie ein rostiges Scharnier, und es sprach so viel Hass und Ablehnung aus ihr, dass es Melody unwillkürlich schauderte.

„Wovon reden Sie?", fragte sie, während sie sich weiter im Griff ihres Bewachers wand.

„Ich glaube, das weißt du sehr gut, Schätzchen."

„Sie ist nicht Ihr Schätzchen, damit Sie's nur wissen", ereiferte sich Roddy, der zu wütend war, um sich zu fürchten.

„Für einen dicken kleinen Jungen bist du ganz schön frech", stellte der Vermummte fest.

„Und für einen Erwachsenen sind Sie ganz schön mies", konterte Melody. „Was wollen Sie überhaupt von uns? Warum sind Sie hinter uns her?"

„Das habe ich doch schon gesagt. Ich will wissen, wo er ist, und zwar auf der Stelle."

„Wer?", fragte Melody.

„Tu nicht so – der Greif natürlich!", herrschte der Anführer sie an. Dabei beugte er sich vor, aber sein Gesicht konnte sie trotzdem nicht genau erkennen. Nur ein kaltes Augenpaar.

„D...das weiß ich nicht", versicherte Melody kopfschüttelnd. Die Kerle wussten von Agravain! Das machte ihr Angst.

„Und du erwartest, dass ich dir das glaube?"

„Es wird Ihnen nichts anderes übrig bleiben", konterte Melody tapfer. „Ich habe nämlich keine Ahnung."

„Lassen Sie uns frei!", beschwerte sich Roddy. „Sie haben kein Recht, uns festzuhalten. Wir haben nichts getan!"

„Willst du wohl aufhören, hier so herumzuschreien?", fragte der Vermummte. „Oder muss ich dir erst die Zunge abschneiden?"

„N...nö", versicherte Roddy schon entsprechend leiser.

„Gut." Der Anführer nickte. „Und jetzt, Schätzchen, solltest du mir besser verraten, was ich von dir wissen will – oder es wird mit dir und deinem Freund hier ein böses Ende nehmen. Hast du verstanden?"

Melody nickte.

Natürlich verstand sie das.

Und Roddy auch. „Vielleicht", raunte er ihr zu, „war es doch eine blöde Idee, dem Greifen zu vertrauen."

„Ehrlich gesagt", flüsterte Melody, „glaube ich das inzwischen auch."

„Also, wie steht es?" Der Anführer hielt plötzlich ein Messer in der Hand, dessen Klinge im Mondlicht blitzte. Melody hatte keinen Zweifel, dass er es zu gebrauchen wusste. Und dass er es schon öfter gebraucht hatte ...

„Ich weiß nicht, wo Agravain ist", versicherte sie. Ihr Herz schlug heftig, Schweiß trat ihr auf die Stirn.

„Agravain." Der andere lachte spöttisch. „Soll das sein Name sein?"

„Und?"

„Unpassend", sagte der Vermummte nur. „Unpassend wie seine Existenz auf dieser Welt. Aber diesen Fehler werden wir bald bereinigen."

„Sie wollen Agravain töten?"

Das kalte Augenpaar starrte sie an. „Du hast wirklich keine Ahnung, nicht wahr?", fragte er. „Keine Ahnung, wer wir sind und was wir wollen. Das ist schade, Schätzchen. Denn so wirst du nie erfahren, warum du gestorben bi…"

Den Rest des Satzes brachte der Kerl nicht mehr über die Lippen. Denn plötzlich fiel ein dunkler Schatten auf ihn, ein Rauschen lag in der Luft – und dann war Agravain zur Stelle.

Der Greif stürzte aus dem Nachthimmel. Mit ausgebreiteten Schwingen und gespreizten Klauen flog er so dicht über die Köpfe der Schattenmänner hinweg, dass es ihnen die Hüte von den Köpfen riss. Entsetzt sahen Melody und Roddy, dass keiner von ihnen Haare auf dem Kopf hatte. Ihre Mienen waren so bleich wie der Mond, ihre Augen vor Schreck weit aufgerissen.

Im nächsten Augenblick war Agravain schon wieder in der Nacht verschwunden. Der Anführer rief einen Befehl in der fremden Sprache. Melody und Roddy wurden daraufhin losgelassen. Dafür hatten die Kerle plötzlich seltsam aussehende Pistolen in den Händen, mit denen sie in den Himmel hinaufzielten.

Schon griff Agravain wieder an, seine Umrisse zeichneten sich vor der hellen Mondscheibe ab – und machten ihn zu einem leichten Ziel. Die Kerle legten an …

„Nein!", rief Melody.

Mit dem Mut der Verzweiflung stürzte sie sich auf einen der beiden Schützen und rempelte ihn an. Dadurch ging nicht nur der Pfeil daneben, der mit hässlichem Zischen aus dem Lauf der Pistole schoss. Der Mann geriet auch ins Taumeln und stieß gegen einen seiner Kumpane, dessen Pfeil ebenfalls fehlging und in der Dunkelheit verschwand. Wütend wollten die beiden nachladen, aber dazu kam es nicht mehr. Denn im nächsten Moment schoss Agravain wieder heran.

Wie ein Sturmwind fauchte er über die beiden hinweg. Dem einen brachte er eine klaffende Stirnwunde bei, den anderen erwischte er am Auge. Daraufhin verfielen die eben noch so mutigen Kerle in lautes Gebrüll und ergriffen die Flucht.

Ihr Anführer schrie am lautesten, etwas, was sich wie eine üble Verwünschung anhörte. Plötzlich beförderte auch er eine Pfeilpistole zutage, zielte hektisch bald hierhin und bald dorthin. Als er das Rauschen über sich hörte, war es jedoch schon zu spät.

Wie ein Blitz zuckte Agravain herab, packte ihn an den Schultern und schlug mit den Flügeln. Der Greif schoss senkrecht in die Höhe, den Anführer der Vermummten zog er einfach mit. Der Mann zappelte und brüllte entsetzlich, als er in die Luft gerissen wurde.

Agravain, der wie wild flattern musste, um das Gewicht auszugleichen, trug ihn über die Burgmauer hinaus in den Wald. Ein heiserer Schrei war zu hören, dann herrschte Stille. Und kurz darauf kehrte Agravain zurück.

Leichtfüßig landete der Greif vor Melody. Nun, da sie ihn so nah vor sich sah, fiel ihr auf, dass er schon wieder gewachsen war.

"Geht es dir gut?", wollte er wissen.

Sie nickte. "Dank deiner Hilfe."

"Ich habe nur meine Pflicht getan. Schließlich war ich es, der euch in Gefahr gebracht hat."

"Trotzdem danke", sagte Melody leise und auch Roddy schob ein leises Dankeschön hinterher.

"Diese Kerle haben jetzt erst mal genug. Sie werden euch nicht mehr bedrohen."

"Was hast du mit dem Anführer gemacht?", erkundigte sich Melody. "Er ist doch nicht etwa …?"

"Er lebt", versicherte der Greif. *"Aber er ist ein bisschen unsanft gelandet, fürchte ich."*

"Er war nicht hinter uns her, sondern hinter dir."

"Ich weiß."

"Wer waren diese Männer?", wollte Melody wissen. "Offenbar wissen sie alles über dich."

"Und sie waren ziemlich unheimlich", fügte Roddy hinzu.

"Das waren Diener der Dunkelheit", erklärte Agravain. *"Mein Volk hat einst gegen sie gekämpft."*

"Am Grab des Ritters habe ich Bilder gesehen", erklärte Melody. "Von einer Schlacht in den Lüften …"

„Ich weiß. Ich habe diese Bilder auch gesehen. Vergiss nicht, dass wir miteinander verbunden sind." Agravain nickte fast wie ein Mensch. *„An jenem Tag trafen Greife und Drachen zu ihrer letzten großen Schlacht aufeinander. Es wurde erbittert gekämpft und auf beiden Seiten gab es hohe Verluste – aber keinen Sieger. Als Malagant, der Befehlshaber des Drachenheeres, den Anführer des Greifenheeres zu einem Treffen am Steinkreis aufforderte, sah dieser eine Möglichkeit zu verhandeln. Aber es war eine Falle. Malagant lockte den Greifenritter in einen Hinterhalt. Der Ritter und seine getreue Greifin kämpften tapfer, und es gelang ihnen, Malagant zu besiegen – doch die Greifin wurde dabei schwer verwundet und starb am Steinkreis."*

„Deine Mutter", flüsterte Melody voller Ehrfurcht. „So hängt also alles zusammen. Aber woher weißt du das alles?"

„Als ich den Anführer ergriff, konnte ich für einen Moment seine Gedanken lesen. Da wurde mir alles klar."

„Mir wurde auch einiges klar", sagte Melody. „Agravain war der Name des Ritters, der die Greife angeführt hat, nicht wahr?"

Der Greif nickte.

„Tut mir echt leid, dass ich dir einen falschen Namen gegeben habe. Wenn du willst, kannst du ihn gerne ändern."

"Nein. Es ist ein guter Name. Und er erinnert mich daran, wer ich bin und woher ich komme." Er setzte sich in Bewegung und trabte an ihnen vorbei auf den Hauptturm zu. *"Kommt jetzt mit."*

„Wohin willst du?"

Melody und Roddy wechselten einen fragenden Blick.

"Werdet ihr schon sehen."

Er verschwand im Turm und sie folgten ihm. Erneut ging es die steilen Stufen hinab und in den Gang, und noch einmal benutzte Melody ihren Ring, um die verborgene Pforte zu öffnen. Am Sarkophag forderte Agravain Melody auf, den Ring ein weiteres Mal zu gebrauchen. Tatsächlich prangte auf der Vorderseite des Sarkophags das Symbol der Kralle – bei ihrem ersten Besuch hatten Melody und Roddy es gar nicht gesehen.

Als Melody jetzt den Ring davor hielt, begann das Zeichen zu leuchten – und plötzlich bewegte sich die Steinplatte, mit der der Sarkophag verschlossen war!

Das Bild des schlafenden Sir Agravain bewegte sich. Stück für Stück rückte es beiseite.

„Oh, oh", machte Roddy, der ziemlich blass geworden war. Nach der ganzen Aufregung hatte er nicht auch noch Lust, sich das schaurige Skelett eines Ritters anzusehen, der vor Jahrhunderten gestorben war.

Als das Mondlicht, das durch den Schacht hereinfiel, den Inhalt des steinernen Kastens erfasste, stieß Melody einen lauten Schrei aus. Roddy fiel die Kinnlade herab, er brachte kein Wort mehr hervor.

Denn in dem Sarkophag war kein Toter.

Stattdessen war der Sarkophag bis zum Rand mit Gold gefüllt. Mit glitzerndem Silber und funkelnden Gemmen. Mit Münzen, Ketten, Kronen und Diademen, glänzenden Pokalen und Schwertscheiden, auf denen Edelsteine blitzten. Ein riesiger Schatz.

„Das ... ist unglaublich", stieß Melody hervor.

„Greife sind von jeher auch Hüter von Schätzen gewesen", erklärte Agravain. *„Dieses Gold hat einst dem Greifenritter gehört."*

„Das muss unbedingt in ein Museum", meinte Roddy.

„Wozu?", fragte Agravain, und Melody wiederholte die Worte laut, damit Roddy sie verstand. *„Die Menschen würden es doch nur ausstellen und anstarren. Dieser Schatz war von jeher dazu bestimmt, Gutes zu tun und Unrecht zu bekämpfen. Dies und nichts anderes ist seine Bestimmung."*

„Krass", staunte Robbie bewundernd.
„*Greif hinein*", wandte sich Agravain an Melody.
„Was?"
„*Der Schatz ist dazu da, Unrecht zu bekämpfen*", wiederholte der Greif. „*Wie viel, glaubst du, brauchen wir, um deiner Großmutter zu helfen?*"

Unverhofft

Der Morgen dämmerte.

Der Morgen der Entscheidung.

Der Morgen, an dem Granny Fay das Stone Inn verlieren würde – und es kümmerte sie noch nicht einmal.

Sie stand vor dem alten Steinhaus, einen gehäkelten Schal um die Schultern, und zitterte am ganzen Körper. Tränen rannen ihr über die faltigen Wangen, sie hatte schreckliche Angst. Nicht um das Stone Inn oder um ihre Zukunft.

Sondern um Melody …

„Jetzt noch einmal der Reihe nach", sagte Hector Gilmore mit ruhiger Stimme. In ihrer Not hatte sie die Polizei gerufen. „Wann hast du Melody das letzte Mal gesehen, Fay?"

„Gestern Nachmittag", sagte Granny Fay mit bebender Stimme. „Der Nachbarjunge war da ..."

„Der junge MacDonald", ergänzte Gilmore.

„Sie haben mir beim Einpacken geholfen", fuhr Granny Fay fort. „Sie hatten sich den Keller vorgenommen, während ich im ersten Stock zu tun hatte."

„Und dann?", wollte der Polizist wissen.

„Gegen Abend habe ich mich an den Schreibtisch gesetzt, um die Bürounterlagen zu sortieren. Schließlich soll alles seine Richtigkeit haben, wenn ich das Inn an McLusky übergebe. Dabei muss ich jedoch eingeschlafen sein", gestand Granny Fay leise. „Das ist mir zuvor noch nie passiert. Aber die ganze Aufregung der letzten Tage war wohl etwas zu viel."

„Ich verstehe." Gilmore nickte. „Und was ist dann passiert?"

„Als ich aufgewacht bin, war es bereits kurz vor Mitternacht. Also bin ich rasch zu Bett gegangen. Ich dachte, Melody würde schon schlafen, und ich wollte sie nicht stören. Deshalb habe ich nicht in ihr Zimmer geschaut. Und außerdem ..."

„Ja?"

„Wir hatten am Tag zuvor einen Streit", gestand Granny Fay traurig. „Ich habe ihr vorgeworfen, sich zu wenig um mich und das Haus zu kümmern. Das tut mir im Nachhinein so leid ..." Sie hob die Hand mit dem Taschentuch und trocknete sich die Tränen.

„Schon gut", beschwichtigte Hector Gilmore. „Wann hast du bemerkt, dass Melody verschwunden ist?"

„Erst am Morgen. Ich habe wie immer Frühstück gemacht – Zimtpfannkuchen mit Rosinen, ihre Lieblingssorte – und unten in der Küche auf sie gewartet. Aber sie kam nicht. Irgendwann habe ich dann nachgesehen und festgestellt, dass sie nicht in ihrem Zimmer war. Ihr Bett war völlig unberührt, so als wäre sie die ganze Nacht nicht zu Hause gewesen. Und ich habe es noch nicht einmal bemerkt …"

„Mach dir deswegen keine Vorwürfe", versuchte der Polizist sie zu beruhigen. „In diesem Alter machen Kinder oft seltsame Sachen. Gerade wenn es Ärger gegeben hat."

„Aber nicht Melody", beharrte Granny Fay. „Sie ist so ein liebes Mädchen und so hilfsbereit. Ich bin viel zu hart zu ihr gewesen!"

Sie begann ungehemmt zu weinen, ihre zerbrechliche Gestalt zitterte von Kopf bis Fuß. Gilmore legte ihr tröstend die Hand auf die Schulter und sprach beruhigend auf sie ein.

„Komm schon, Fay … Mach dir keine Sorgen. Es wird sich schon alles aufklären. Vielleicht war alles nur ein Missverständnis. Oder sie ist einfach mal ausgebüxt, das kann vorkommen. Wir werden eine Vermisstenmeldung rausgeben und sehen, was passiert. In Ordnung?"

„Das Mädchen und ich waren immer ein Herz und eine Seele", schluchzte Granny Fay. „Wenn ich das kaputt gemacht habe, werde ich mir das nie verzeihen. Das Stone Inn zu verlieren, ist eine Sache. Wenn ich jetzt auch noch Melody verloren habe, dann ist alles vergebens gewesen …"

Gilmore wollte etwas erwidern, als ein Motorengeräusch zu hören war. Der Nebel, der an diesem Morgen über der Küste lag, war so dicht, dass man die Straße nicht erkennen konnte. Und so sahen sie den schwarzen Rolls-Royce erst, als er den Vorplatz erreichte. Wie ein Phantom schälte sich der Wagen aus dem Weiß und hielt an. Der Kies knirschte unter seinen Reifen.

„Sieh an", knurrte Granny Fay, „der Aasfresser kommt, um sich seine Beute zu holen."

Ein Chauffeur stieg aus und öffnete die Wagentür, woraufhin zwei Personen ausstiegen und sich langsam näherten. Die eine war Buford McLusky, der an diesem Morgen ein fieses Grinsen zur Schau trug. Die andere war seine Tochter Ashley.

„Einen wunderschönen guten Morgen, Mrs Campbell", grüßte McLusky mit fiesem Grinsen. „Officer Gilmore." Er nickte dem Polizisten zu. „Ehrlich gesagt bin ich überrascht, Sie hier anzutreffen. Mrs Gilmore, Sie werden doch nicht die Polizei hinzugezogen haben? Die wird Ihnen auch nicht helfen können."

„Sparen Sie sich Ihre klugen Reden", fuhr Granny Fay ihm über den Mund. „Meine Enkelin ist seit gestern verschwunden."

„Melody?" Ashley hob gelangweilt eine Augenbraue. „Ach herrje!"

„Hast du eine Ahnung, wo sie sein könnte?", wollte Gilmore von ihr wissen. „Ihr geht doch in dieselbe Klasse."

„Ja", gab Ashley widerwillig zu. „Aber wir hängen nicht dauernd zusammen ab, okay? Sie und ich, wir atmen nicht mal dieselbe Luft, wenn Sie verstehen."

„Sei vorsichtig, was du sagst, Mädchen", beschied ihr Granny Fay.

„Ganz ehrlich, Mrs Campbell", meinte McLusky, „Sie sollten hier besser keine Drohungen aussprechen. Nicht in Ihrer Lage. Oder sollte ein Wunder geschehen sein und sich jemand gefunden haben, der Ihnen das Geld gegeben hat?"

„Nein." Granny Fay schüttelte den Kopf. „Und das wissen Sie auch ganz genau."

„Ich habe es vermutet", gestand er grinsend. „Deshalb möchte ich Sie, sofern Sie es noch nicht getan haben, jetzt dringend ersuchen, die Abtretungsurkunde zu unterschreiben und an mich auszuhändigen."

„Sagen Sie, Mr McLusky", meinte Officer Gilmore, „wollen Sie es nicht ein bisschen ruhiger angehen lassen? Immerhin wird Mrs Campbells Enkeltochter vermisst und …"

„Haben Sie eine Ahnung, wie lange ich schon auf diesen Deal warte?", herrschte McLusky ihn an. „Ich habe alle Geduld der Welt bewiesen, aber jetzt will ich mein Haus endlich haben!"

„Noch gehört es Ihnen nicht", wandte Granny Fay ein.

„Aber gleich", beharrte McLusky grinsend.

„Warum haben Sie Ihre Tochter mitgebracht?", fragte Granny Fay. „Wollten Sie ihr zeigen, was für ein gemeiner Kerl Sie sein können?"

„Ich wollte, dass sie lernt, mit Fällen wie diesen umzugehen. Schließlich wird sie eines Tages meine Firma übernehmen."

„Ein Fall." Granny Fay kämpfte wieder mit den Tränen. „Das bin ich also für Sie, ja? Ich bin einundsiebzig Jahre alt und meine Familie ist seit vier Generationen im Besitz dieses Hauses – und nun bin ich nichts weiter als ein Fall?"

„So ist das Leben." McLusky grinste.

„Wenn Leute wie Sie das Sagen haben, ja", stimmte Granny Fay zu. „Aber das ist nicht mehr wichtig. Alles, was ich will, ist Melody. Ich mache mir große Sorgen um sie."

„Kann ich mir vorstellen", meinte Ashley, während sie gelangweilt den rosafarbenen Pudel streichelte, der in ihrer Handtasche hockte; nur sein gepuderter Kopf lugte daraus hervor. „Bei der weiß man nie, woran man ist. Die ist doch völlig durchgeknallt."

Granny Fay sah sie fassungslos an. „Wie ... wie kannst du so etwas sagen?", fragte sie.

„Stimmt's etwa nicht?", fragte Ashley dagegen. „Melody ist ganz anders als ich und die anderen Mädchen."

„Und deshalb bist du so gemein?" Granny Fay schüttelte den Kopf. „Und ich Närrin habe Melody gesagt, dass sie so wie ihr anderen sein soll, statt dem Herrn auf Knien dafür zu danken, dass sie anders ist. Was bin ich dumm gewesen."

„Kann ich jetzt endlich haben, was mir zusteht?", schnauzte McLusky. „Ich habe nicht den ganzen Tag Zeit."

„Natürlich", versicherte Granny Fay wütend. Sie griff in die Tasche ihrer Schürze, zog das Kuvert hervor und öffnete es. „Bringen wir es hinter uns, damit ich Sie und Ihr Fräulein Tochter nicht länger ertragen muss. Wo muss ich unterschreiben?"

„Hier", sagte McLusky und reichte ihr seinen Füllfederhalter.

„Aber seien Sie bloß vorsichtig", raunzte Ashley. „Der Füller ist echt vergoldet, der war ein Geschenk von mir."

„Keine Sorge." Grannys Hand zitterte vor Wut und Aufregung, während sie nach dem Stift griff. Sie musste mehrmals ansetzen, bis sie überhaupt schreiben konnte. Dann wollte sie endlich ihren Namen unter das Schriftstück setzen, als sie in der Ferne etwas hörte.

„Halt ...!"

Granny Fay stutzte – war das nicht Melody gewesen?

Sie rief sich selbst zur Ordnung. Jetzt begann sie schon Stimmen zu hören, die gar nicht da waren. Wenn all das vorbei war, musste sie dringend zum Arzt ...

„Granny, nicht!", schallte es wieder. Jetzt war sie sich ganz sicher: Es war Melody, die da rief.

Granny Fay blickte auf und traute ihren Augen kaum: Zwei Gestalten kamen auf ihren Fahrrädern aus dem Nebel gesaust, als ob ein gefräßiger Wolf hinter ihnen her wäre.

Es waren Melody und Roddy.

Rosarot

„Nicht unterschreiben!", riefen Melody und Roddy so laut, dass sich ihre Stimmen überschlugen. „Bloß nicht unterschreiben!"

In halsbrecherischem Tempo rasten sie den Hang hinab über die Wiese, in einem Slalomkurs zwischen den parkenden Baufahrzeugen hindurch und schließlich auf den Vorplatz des Stone Inn, wo sie ihre Räder schlitternd zum Stehen brachten.

Als Melody den schwarzen Rolls-Royce vor dem Haus ihrer Großmutter gesehen hatte, war ihr fast das Herz stehen geblieben vor Schreck. McLusky war bereits da, um sich zu holen, was seiner Ansicht nach ihm gehörte.

Hoffentlich war es noch nicht zu spät!

„Nicht unterschreiben, Granny!", rief Melody noch

einmal, währen sie vom Rad sprang, um die letzten Meter zu Fuß zurückzulegen. Roddy folgte ihr atemlos. „Gib ihm das Stone Inn nicht, hörst du?"

Sie stürmte die Stufen hinauf zu ihrer Oma, um ihr alles zu erklären. Doch Granny Fay ließ es gar nicht dazu kommen.

„Melody", hauchte sie nur und schloss ihre Enkelin so fest in ihre Arme, dass diese vor lauter Pfefferminzduft kaum noch Luft bekam. „Mein liebes Kind."

„Granny." Auch Melody drückte ihre Großmutter.

„Es tut mir leid", schluchzte Granny Fay unter Tränen. „Bitte verzeih, was ich zu dir gesagt habe. Das war so dumm von mir …"

„Ist längst vergessen", versicherte Melody, die auf einmal selbst mit den Tränen kämpfen musste.

„Dann bist du mir nicht mehr böse?"

„Natürlich nicht", versicherte Melody. „Ich …"

„Mann, ist das rührend", sagte eine nur zu bekannte Stimme hinter ihr.

Melody fuhr herum. „Was hast du eigentlich hier zu suchen?", wollte sie von Ashley wissen.

„Was ich hier zu suchen habe? Hallo?" Ashley sah sie genervt an. „Meinem Vater gehört jetzt dieses Haus. Schon vergessen?"

„Noch nicht", sagte Roddy grinsend. „So wie ich das sehe, hat Mrs Campbell noch nicht unterschrieben."

„Weil ihr beide sie dabei gestört habt", fuhr Ashleys

Vater ihn an. „Officer", wandte er sich dann an Hector Gilmore, „vielleicht hätten Sie ja die Freundlichkeit, die Dinge ein wenig zu beschleunigen. Schließlich verlange ich nur, was mein gutes Recht ist."

„Mr McLusky hat leider Recht, Kinder", pflichtete der Polizist ihm widerwillig bei. „Fay, würdest du bitte jetzt unterschreiben, damit die Dinge ihren Lauf nehmen können?"

„Natürlich", erwiderte Granny Fay. „Jetzt, da meine Enkeltochter wieder zurück ist, können Sie das Stone Inn gerne haben. Es gibt Dinge, die wichtiger sind als Geld und Besitz – auch wenn Leute wie Sie das vermutlich nie verstehen werden."

„Wichtiger als Geld?" Ashley kicherte. „Da muss ja sogar Pom Pom lachen, nicht wahr?" Sie tätschelte ihren Pudel.

„Also los jetzt", drängte McLusky – doch er hatte seine Rechnung ohne Melody gemacht.

„Einen Augenblick", verlangte sie.

„Was ist denn noch?"

„Wie hoch war die Summe für die nächste Rate?"

„Fünftausendachthundert Pfund. Wieso fragst du?"

„Und wie viel schulden wir Ihnen insgesamt?"

„Wozu willst du das wissen?" McLuskys Mundwinkel fielen spöttisch herab. „Du kannst es ja doch nicht zahlen."

„Wie viel?", beharrte Melody.

„Etwas über hunderttausend, die aktuellen Zinsen nicht eingerechnet. Hast du sonst noch Fragen?"

„Nein", versicherte Melody. Dann nickte sie Roddy zu und beide griffen in die Taschen ihrer Anoraks. Als sie ihre Hände wieder hervorzogen, waren sie mit Goldmünzen und funkelnden Edelsteinen gefüllt.

„Das müsste genügen, um alles zu begleichen", sagte Melody. „Einschließlich der Zinsen, die Sie noch gar nicht eingerechnet haben."

„Was? Wie …?" McLusky guckte ziemlich dämlich aus der Wäsche. Sein Gesicht wurde schlagartig kreidebleich, sein Schnurrbart zuckte, sein Mund blieb offen.

„Das ist doch ein Trick", argwöhnte Ashley, die ihre Sprache schneller wiederfand. „Billige Imitationen, das sehe ich auf den ersten Blick!"

„Ach ja?" Roddy grinste. „Dann schlage ich vor, wir übergeben sie Officer Gilmore, damit er sie auf ihre Echtheit überprüfen lassen kann. Würden Sie das für uns tun, Sir?"

„Äh, natürlich", sagte Gilmore völlig überrumpelt.

Da hatte sich endlich auch McLusky wieder erholt. „Das können Sie sich sparen", fuhr er den Polizisten an. „Selbst wenn das Zeug echt sein sollte – was ich sehr bezweifle – ist der Handel ungültig."

„Wieso?", wollte Melody wissen.

„Weil die Frist bereits abgelaufen ist. Das Stone Inn gehört mir, ob es euch gefällt oder nicht."

„Mit Verlaub – nein", sagte Granny Fay. Sie deutete auf den Vertrag in ihrer Hand. „Hier steht eindeutig, dass die nächste Zahlung am heutigen Tag geleistet werden muss. Ob morgens oder abends, davon steht hier nichts."

Sie reichte das Schriftstück an Gilmore weiter, der es kurz überflog. „Ich fürchte, Mrs Campbell hat Recht, Sir", bestätigte er dann. „Sie hat den ganzen heutigen Tag Zeit, um die nächste Rate zu begleichen – oder natürlich den gesamten Rest der Schulden. Und so wie ich die Sache sehe, reichen diese Edelsteine dazu durchaus aus."

„Und woher stammt das Zeug? Haben Sie darüber schon nachgedacht?", schnappte McLusky giftig.

„Wir haben es gefunden", erklärte Roddy stolz. „Ein Schatz, draußen im Wald."

„Jedenfalls ist mir über einen Diamantenraub auf der Insel nichts bekannt", fügte Gilmore mit einem Augenzwinkern hinzu.

„Also muss ich ... den Vertrag nicht unterschreiben?", fragte Granny Fay vorsichtig.

„Natürlich nicht", sagte Melody. „Das Stone Inn wird nicht abgerissen, sondern bleibt weiter im Besitz unserer Familie. Deshalb brauchen wir auch nicht wegzuziehen."

„Hurra!", rief Granny Fay übermütig, nahm die Abtretungserklärung und zerriss sie kurzerhand. „Ach,

Kind! Die ganze Zeit über habe ich für ein Wunder gebetet. Ich konnte doch nicht ahnen, dass du dieses Wunder bist!"

„War ich ja auch nicht", beteuerte Melody verlegen. „Es war …"

„… ein glücklicher Zufall", fiel Roddy ihr geistesgegenwärtig ins Wort und sie war ihm dankbar dafür.

„Pah", machte Ashley verächtlich. „Und so ein dummer Zufall soll jetzt daran schuld sein, dass mein Vater nicht bekommt, was er haben will?"

„So ist das Leben." Roddy grinste.

„Genau." Melody trat so nah an Ashley heran, dass sie einander direkt in die Augen sahen. „Vielleicht ist das ja ganz neu für dich, aber man kriegt nicht immer, was man will. Vielleicht solltest du darüber mal nachdenken."

Ashley wollte etwas erwidern, aber die richtigen Worte schienen ihr nicht einzufallen. Stattdessen brachte sie nur ein wütendes Pfeifen hervor, und ihr Gesicht wurde so rot, dass selbst das Make-up es nicht verbergen konnte. Sie stampfte mit dem Fuß auf wie ein trotziges Kind und ging eilig davon.

„Wir sprechen uns noch", zischte McLusky, der nicht weniger wütend war, auch wenn man es ihm nicht unbedingt ansah. „Die Sache ist noch längst nicht ausgestanden."

„Für mich schon", versicherte Granny Fay und warf die Fetzen des Vertrags in die Luft. „Wir sind quitt, ein für alle Mal."

Noch einen Augenblick stand McLusky da, dann machte er auf dem Absatz kehrt und folgte seiner Tochter. Melody und Roddy rissen die Arme hoch und brachen in Jubel aus, in den schließlich auch Granny Fay einstimmte. Und sogar Officer Gilmore, der sich als Polizist aus allem herauszuhalten hatte, konnte sich ein Grinsen nicht verkneifen.

Auf dem Weg zu ihrem Rolls-Royce sprachen Ashley und ihr Vater laut und aufgeregt miteinander.

„Und das lässt du dir gefallen?", blaffte Ashley. „Von so einer alten Schachtel?"

„Das muss ich wohl", sagte McLusky nur. „Im Augenblick hat sie die besseren Karten."

„Die besseren Karten? Das ist ja lächerlich! Selbst Pom Pom könnte ..." Ashley blieb abrupt stehen. „Daddy! Pom Pom ist nicht mehr da! Wo ist er?"

„Woher soll ich das wissen?"

„Pom Pom?", rief Ashley laut und sah sich im Nebel um. „Pom Pom! Wo bist du?"

„Könntest du bitte mal aufhören, hier rumzuschreien?", schimpfte ihr Vater.

„Er muss aus der Tasche gesprungen sein. Pom Pom?"

„Hör auf zu schreien!"

„Aber Pom Pom ist weg!"

„Na und? Dann kriegst du eben eine neue Töle. Ich will nichts mehr davon hören, verstanden?"

„Aber ..."

„Verstanden?", brüllte McLusky.

Und Ashley schwieg.

Die beiden stiegen in den Wagen und der Chauffeur schloss die Türen hinter ihnen.

Dann fuhren sie davon, zurück in den Nebel.

Freunde

„Agravain?"

„Ich bin hier."

Melody fuhr herum, als es hinter ihr raschelte. Sie erschrak ein bisschen, als sich das Dickicht teilte und der Greif hervortrat. Er war jetzt so groß wie ein Fohlen. Und Melody hatte das Gefühl, dass er noch immer nicht ausgewachsen war …

„Kannst du dich etwa unsichtbar machen?", fragte sie, halb im Scherz, halb im Ernst.

„Wir Greife verstehen es, ungesehen zu bleiben – und das aus gutem Grund, das kannst du mir glauben."

Melody nickte. Sie war einfach in den Wald gelaufen, ohne zu wissen, ob oder wo sie Agravain finden würde. Sie hatte darauf vertraut, dass sie einander schon begegnen würden. Und es hatte funktioniert.

„Ich bin gekommen, um mich zu bedanken. Ich danke dir", sagte sie lächelnd. „Dir verdanken wir, dass alles gut geworden ist."

„Das war ich nicht." Der Greif neigte leicht den Kopf. Seine Stimme klang nun nicht mehr wie die eines Kindes, sondern wie die eines Jungen in ihrem Alter. *„Du selbst warst es."*

„Ganz sicher nicht", wehrte Melody ab. „Schließlich hätte ich ohne dich niemals von dem Schatz erfahren."

„Aber ich wäre nicht hier, wenn du das Ei nicht gefunden und mitgenommen hättest."

„Dafür hast du uns das Leben gerettet", erwiderte Melody.

„Nachdem ich euch in Gefahr gebracht hatte."

„Zugegeben." Sie lächelte. „Lass uns doch sagen, wir sind quitt. Einverstanden?"

„Okay."

„Willst du mir jetzt verraten, wer die Kerle waren, die uns verfolgt haben?" Allein die Erinnerung an die Männer mit den Hüten genügte, um Melody eisige Schauer über den Rücken zu jagen. „Die haben mir ganz schön Angst gemacht."

„Aus gutem Grund. Sie gehören dem Orden der Drachen an."

„Was ist der Orden der Drachen?", fragte Melody.

„Einst, vor langer Zeit, kämpften Greife gegen Dra-

chen", erklärte Agravain. *"Wir Greife kämpften auf der Seite des Lichts und des Lebens. Wir wachten über die Menschen und sorgten dafür, dass sie in Frieden und Freiheit lebten. Die Drachen und ihre Diener jedoch wollten das genaue Gegenteil. Als Feinde des Lebens wollten sie alles beherrschen, nicht nur jedwede Kreatur auf Erden, sondern auch jedes Gefühl und jeden freien Gedanken."*

„Eine schreckliche Vorstellung", flüsterte Melody.

„Hätten die Drachen damals gewonnen, hätte das Dunkle Zeitalter niemals geendet und die Menschen wären Barbaren geblieben. Sie hätten verlernt, wie man Häuser baut, hätten vergessen, was die Wissenschaftler der alten Zeit über das Wesen der Welt herausgefunden haben. All das gesammelte Wissen der Astronomie, der Geografie und der Mathematik wäre verloren gegangen!"

„Na ja", wandte Melody lächelnd ein. „Um Mathe wär's nicht weiter schade gewesen …"

„Auch die Künste waren dabei, im Feuer des Krieges verloren zu gehen", fuhr Agravain fort. *„Die Drachen wollten jeden schönen Gedanken auslöschen und jede frohe Melodie. Unter ihrer Herrschaft hätten die Menschen vergessen, wie man Instrumente spielt oder Bilder malt. Auch ihre Geschichten hätten sie vergessen und keine Schrift mehr gehabt, um sie aufzuzeichnen. Die Ideen der Menschen wären im Abgrund der Zeit*

verloren gegangen, und sie hätten ein trauriges Dasein in Krieg und Chaos gefristet, als Sklaven der Drachen. Durch den Sieg der Greife jedoch wurde die Menschheit gerettet, sodass sie sich frei entfalten konnte."

„Dann müssen wir euch sehr, sehr dankbar sein", folgerte Melody und schämte sich gleichzeitig. „Dabei wissen die meisten Menschen gar nicht, dass es euch gibt. Wir haben noch nicht einmal die Erinnerung an euch bewahrt."

„Doch, das habt ihr", versicherte Agravain. *„In euren Sagen und Mythen. In ihnen lebt der Kampf des Lichts gegen die Finsternis bis zum heutigen Tag fort."*

„Aber die meisten Menschen glauben nicht, dass all das wirklich geschehen ist."

„Weil sie blind sind und in ihrer kleinen Welt gefangen", meinte Agravain. *„Du bist anders, Melody."*

„Stimmt", sagte sie mit einem schiefen Lächeln. „Ashley McLusky kann es bezeugen."

„Dein ganzes Leben schon hast du dich für andere Dinge interessiert als die meisten, hast deine Nase in Bücher gesteckt und dich in deinen Träumen in andere Zeiten und Welten geflüchtet."

Melody nickte.

„Deshalb hat Sir Agravains Ring dich erwählt, und deshalb hast du das Ei gefunden, aus dem ich geschlüpft bin. Du bist etwas Besonderes, Melody Campbell."

„Meinst du?" Melody war keineswegs überzeugt. „So fühle ich mich aber ganz und gar nicht."

„Das tun besondere Menschen nie", meinte der Greif. *„Bescheidenheit ist eine Tugend, ebenso wie ein reines Herz und die Treue gegenüber Freunden. Das sind die Eigenschaften eines Greifenritters."*

„Ach ja? Woher weißt du denn das alles?"

„Wir Greife sind nicht wie Menschen", erklärte Agravain. *„Wir teilen unsere Erinnerungen miteinander, indem wir sie an bestimmten Orten und in bestimmten Gegenständen ablegen. In dem Augenblick, da wir sie berühren, geht das Wissen unserer Ahnen auf uns über."*

„Du meinst, wie in dem Moment, als ich Sir Agravains Sarkophag berührt habe?"

„So ist es. Durch die Magie des Rings sind wir verbunden, deshalb haben wir beide die Schlacht gesehen, die einst über dieser Insel tobte."

„Und dieser Bund der Drachen, gegen den deine Vorfahren kämpften, existiert noch immer?", wollte Melody wissen. „Wie kann das sein, nach all den Jahrhunderten?"

„Sie sind die Nachfahren der Männer, die einst gegen meinesgleichen gekämpft und meine Mutter in einen feigen Hinterhalt gelockt haben", berichtete Agravain bitter.

„Dann ... willst du Rache?", fragte Melody vorsichtig.

Agravain schüttelte den Kopf. *"Wir Greife trachten nicht nach Rache"*, stellte er klar. *"Aber der Kampf hat niemals aufgehört. Denn der Einfluss des Bundes der Drachen auf die Menschen ist stärker geworden. Er hat dafür gesorgt, dass die Welt voller Unrecht ist und voller Kriege. Der Orden ist auf dem besten Weg, seine Ziele doch noch zu erreichen – das kann ich nicht zulassen. Und der Drachenbund weiß das, deshalb suchen seine Häscher nach mir."*

„Also werden sie wiederkommen?", fragte Melody. Auf einmal hatte sie wieder Gänsehaut.

"Sicher. Aber sie können dir nichts tun, denn ich, Agravain, werde auf dich aufpassen."

„Und ich auf dich", versicherte Melody. „Wir beide haben nämlich noch etwas gemeinsam."

"Und das wäre?"

„Wir haben beide keine Eltern mehr", sagte Melody leise. „Ich weiß genau, wie sich das anfühlt. Ich hatte großes Glück, weil Granny Fay mich bei sich aufgenommen hat. Sie ist meine Familie gewesen – und ich möchte deine Familie sein."

Vorsichtig streckte sie die Hand aus und er stieß sie sanft mit dem Schnabel an. Daraufhin wagte sie sich noch weiter vor und streichelte Agravains gefiederte Stirn. In diesem Moment waren sie einander so nahe wie noch nie zuvor. Unbewegt standen sie, das Mädchen und der Greif, während die letzten Sonnenstrahlen des Tages durch das Blätterdach fielen und den Wald goldgelb erstrahlen ließen.

„Danke", sagte Agravain nach einer endlosen Weile. *„Es ist schön, nicht allein zu sein."*

„Finde ich auch." Melody lächelte glücklich.

„Und nun geh zurück zu deiner Großmutter."

„Willst du nicht mitkommen?"

„Die Gefahr der Entdeckung wäre zu groß", erwiderte Agravain. *„Außerdem gibt es hier im Wald mehr als genug Futter für mich – ich wachse ja noch."*

„Hab ich gemerkt."

„Aber hab keine Angst. Wann immer du mich brauchst, werde ich da sein."

„Ich weiß", sagte sie. „Leb wohl, Agravain."

„Nicht Lebewohl", verbesserte er. *„Auf Wiedersehen."*

Sie nickte und wandte sich ab, plötzlich traurig. Der Abschied tat weh, auch wenn er nicht für lange war.

Plötzlich kam Melody noch ein Gedanke.

„Apropos Futter", sagte sie und wandte sich noch einmal um. „Pom Pom ist spurlos verschwunden, Ashleys rosafarbener Pudel. Du weißt nicht zufällig, wo er geblieben ist?"

„Ach, das war ein Pudel?" Agravain legte den Kopf schief, in seinen dunklen Augen funkelte es. *„Und ich habe mich noch gefragt, warum die Zuckerwatte bellt …"*

Epilog

Ein unbekannter Ort
Fünf Tage später

„Nun? Was haben Sie uns zu berichten?"

Der Mann trat langsam in die Mitte des Raumes, der sich tief unter der Erde befand. In einer Kuhle im Boden brannte ein Feuer und verbreitete flackernden Schein. Dahinter lag alles in Dunkelheit. Der Mann humpelte. Sein linkes Bein war geschient, er stützte sich auf einen Stock.

„Die Operation ist misslungen", brummte er leise.

„Das wissen wir bereits", sagte eine Stimme in der Dunkelheit. Sie klang streng und abweisend und gehörte einer Frau. „Uns interessiert nur, warum sie gescheitert ist."

„Wir ... wir hatten das Mädchen und den Jungen schon in unserer Gewalt", berichtete der Mann, der einen rabenschwarzen Mantel trug. „Aber dann ist wie aus dem Nichts der Greif aufgetaucht."

„Wie lange sind Sie nun schon bei uns, Mr Gant?"

„Wie lange ich ...? Aber das wissen Sie doch: seit mehr als zwanzig Jahren!"

„Seit mehr als zwanzig Jahren. Und in all dieser Zeit haben Sie sich auf diese Begegnung vorbereitet, oder nicht?"

„Das ist wahr."

„Wie kann es dann sein, dass das Auftauchen des Greifen Sie derart überrascht hat?"

„Alles, was wir über die Greife wussten oder zu wissen glaubten, stammt aus alten Büchern", sagte der Mann zu seiner Verteidigung. „Niemals hätte ich gedacht, dass schon ein junger Greif über solche Kräfte verfügt. Er hat mich einfach mit den Klauen gepackt, in die Luft gerissen – und dann fallen lassen."

„Und daraufhin haben Sie und Ihre Leute kampflos die Flucht ergriffen?"

„Was hätten wir denn tun sollen? Dieser Greif war wie eine wilde Bestie!"

„Und das überrascht Sie, Mr Gant?", fragte die Frau. „Wenn stimmt, was wir vermuten, und dieser Greif tatsächlich Perpetricas Nachkomme ist, dann wird er so stark und mächtig werden wie kaum ein

Artgenosse vor ihm. Das ist der Grund dafür, dass er unseren Plänen gefährlich werden kann!"

„Ja, Großmeisterin." Schuldbewusst senkte der Mann den kahlen Kopf.

„Die alten Berichte haben sich als wahr erwiesen. Es gab tatsächlich noch ein Ei. Durch Greifenzauber verborgen hat es die Jahrhunderte überdauert – und unser allwissender Geheimdienst wusste nichts davon."

„Verzeihen Sie, Großmeisterin, ich ..."

„Sie haben versagt. Auf ganzer Linie."

„Ich weiß, Großmeisterin", versicherte der Mann und beugte das Haupt. „Bitte geben Sie mir noch eine Chance."

Bange Stille trat ein, nur das Prasseln der Flammen war zu hören.

„Nun gut", sagte die Frau schließlich, „Sie sollen Ihre Chance bekommen. Aber ich warne Sie: Noch einmal werde ich ein solches Versagen nicht dulden. Haben Sie mich verstanden?"

„Natürlich, Großmeisterin." Der Mann verbeugte sich.

„Perpetricas Nachkomme muss gefunden werden, ehe er zu groß und zu mächtig wird. Finden Sie ihn und fangen Sie ihn ein! Und wenn Sie ihn haben, bringen Sie ihn hierher!"

„Ja, Großmeisterin." Mr Gant nickte.

„Und wagen Sie es nicht, noch einmal mit leeren

Händen vor uns zu treten! Habe ich mich deutlich genug ausgedrückt?"

„Ja, Großmeisterin."

„Es wäre bedauerlich, wenn Ihre Gesundheit Schaden nehmen würde", fügte die Anführerin des Ordens hinzu – und auf einer Seite des unterirdischen Gewölbes fiel ein Vorhang herab. Dahinter befand sich ein schweres, mit eisernen Stacheln versehenes Gitter. Und im Halbdunkel jenseits des Gitters war etwas zu sehen, was schwarz war und riesig groß.

Fast hätte man es für einen Felsen halten können, hätte es sich nicht langsam bewegt. Reptilienhaut glänzte im Feuerschein, Krallen scharrten, ein langer Schwanz ringelte sich auf dem Boden. Plötzlich leuchteten große, glühende Augen auf, und weißer Dampf entwich, als das riesige, uralte Wesen heiser ausatmete.

Es war ein Drache.